Vier Generationen

Eine Familiengeschichte

AF279926

Viktor Kamerer ist Autor von über ein Dutzend Büchern, die er seit 2017 veröffentlicht. Er schreibt Thriller und Gesellschaftsromane, sowie psychologische Ratgeber. Zuletzt erschien „Zeit zu wachsen".

Viktor Kamerer

Vier Generationen

Bibliografische Information der Deutschen Nationalbibliothek: Die Deutsche Nationalbibliothek verzeichnet diese Publikation in der Deutschen Nationalbibliografie; detaillierte bibliografische Daten sind im Internet über dnb.dnb.de abrufbar.

© 2025 Viktor Kamerer
Verlag: BoD · Books on Demand GmbH,
Überseering 33, 22297 Hamburg, bod@bod.de
Druck: Libri Plureos GmbH, Friedensallee 273,
22763 Hamburg

ISBN: 978-3-8192-4996-9

Prolog

Viktor bewegte sich durch das Leben wie durch einen Nebel, in dem die Konturen seiner Emotionen verschwommen und unergründlich blieben. Sein Herz reagierte auf die Welt, doch er verstand nicht immer, warum. Ein Lächeln kam und ging, eine plötzliche Traurigkeit überfiel ihn, ohne dass er den Ursprung greifen konnte. Er lebte, fühlte, doch er hinterfragte nicht.

So wie ein Fluss seinem natürlichen Lauf folgt, bewegte sich Viktor durch die Tage, durch die Entscheidungen, ohne sich bewusst zu sein, dass er selbst es war, der steuerte – selbst wenn er es nicht bemerkte. Doch in jedem Menschen liegt ein Schatz verborgen, eine innere Karte, die hilft, den Weg zu finden. Es braucht Zeit, Einsicht und die Bereitschaft, sich selbst wirklich zu erkennen, um diese Karte zu lesen.

Vielleicht kam irgendwann der Moment, in dem Viktor innehielt, seine Gedanken musterte, seine Gefühle erkannte – ein Augenblick, in dem er nicht mehr nur getrieben wurde, sondern selbst bewusst seinen Kurs setzte. Die Reise zum eigenen Bewusstsein kann leise beginnen, aber sie verändert alles. Wo führte sie ihn hin?

Heute fühlt er alles an sich bewusst. Jedes Lächeln, jedes Wort und jede Entscheidung entspringt aus einer inneren Klarheit, die aus dem bewussten Erforschen seiner Gefühle resultiert. Er erkennt in jeder Emotion einen wertvollen Hinweis auf sein wahres Selbst und lässt sie zu. So werden seine Worte und Taten zu einer bewussten Manifestation seines inneren Erlebens, wodurch er authentisch und mitfühlend in der Welt agiert.

Diese neue Art des bewussten Fühlens hat Viktor nicht nur verändert, sondern ihm auch geholfen, tiefer mit sich selbst und seinen Mitmenschen in Kontakt zu treten. Jeder Dialog, jedes Lachen und jede kleine Geste entspringt nun einer fundierten Achtsamkeit – einer Verbindung zwischen Herz und Geist, die seinen Alltag bereichert. Es ist, als hätte er einen inneren Kompass gefunden, der ihn stets daran erinnert, dass echtes Leben in der bewussten Wahrnehmung der eigenen Emotionen liegt

Dieses erwachte Fühlen erlaubt es ihm, in jeder Situation in sich hineinzuhorchen und so zu einem Menschen zu werden, der nicht nur existiert, sondern wirklich lebt.

Der zweite Weltkrieg

1

Dieses Buch berichtet über die Familie Stroh und Kamerer. Eine Sippe, die lange und viel unterwegs war und es immer noch ist.

Beginnen wir im Jahre da der zweite Weltkrieg ausbrach.

Ludwig und Alwine Stroh, geborene Schwindt, erblickten das Licht der Welt in der Ukraine, Ludwig am 15. Dezember 1918 und Alwine am 3. Juni 1921. Ihre Geschichte beginnt in einer Zeit voller Umbrüche und Herausforderungen, doch ihre Namen tragen die Erinnerungen an eine vergangene Epoche.

Die Geschichte beginnt in einer der turbulentesten Zeiten des 20. Jahrhunderts – dem Ausbruch des Zweiten Weltkriegs. Ludwig und Alwine, beide in der Ukraine geboren, tragen ihre deutschen Wurzeln tief in sich. Während Ludwig in eine große Familie mit zahlreichen Geschwistern hineingeboren wurde, wuchs Alwine mit nur einer Schwester, Clara, auf. Der frühe Verlust ihres Vaters, der 1920 von den Russen verschleppt wurde und nie wieder zurückkehrte, sowie das tragische Unglück ihrer

Mutter, die bei einem Sturz von einer Leiter ums Leben kam, machten ihr Leben nicht leicht.

Alwine fand schließlich bei ihrer Tante, Frau Hofmann, ein neues Zuhause. Doch das Leben dort war herausfordernd – als Neuankömmling musste sie sich in einer bereits bestehenden Familie behaupten, sich ihren Platz erkämpfen und hart arbeiten. Es klingt nach einer Geschichte von Stärke und Widerstandsfähigkeit, die den Charakter dieser Familie prägt.

2

Die Schatten des Krieges hatten längst die Heimat der Familie erreicht. Am 22. Juni 1941 begann mit dem Unternehmen Barbarossa der deutsche Angriff auf die Sowjetunion – und damit auch die Ukraine. Doch die Kriegswirren waren unbarmherzig. Nach der Rückeroberung der Ukraine durch die russischen Streitkräfte mussten Ludwig und viele andere

Russlanddeutsche mit den sich zurückziehenden Deutschen das Land verlassen.

Ludwig fand sich in Ungarn wieder, wo er im Stab der Reichsarmee diente. Inmitten der Ungewissheit erreichte ihn eine Nachricht, die ihn tief berührte – seine Frau Alwine und ihre neugeborene Tochter Maria waren in Berlin. Ohne zu zögern nahm Ludwig sich Urlaub und begab sich auf die beschwerliche Reise in die Hauptstadt, um seine Familie wiederzusehen.

Während Ludwig sich auf den Weg machte, erkundete Alwine mit Freundinnen die Stadt. Sie besuchten eine Wohnung, von der es hieß, sie sei einst Hitlers Domizil gewesen – doch sie fanden sie völlig leer vor. Die Spuren des Krieges lagen überall in der Luft.

Als Ludwig schließlich vor Alwine und ihrer kleinen Tochter stand, überkam ihn eine Welle der Emotionen. Eine Träne rollte über sein Gesicht – die Strapazen der Reise und die Härten des Krieges verblassten für einen Moment, angesichts seiner Frau und seines Kindes. Alwine bemerkte Ludwigs Mantel, der von Geschossen durchlöchert war, und fragte besorgt nach. Doch Ludwig lächelte nur schwach und winkte ab – er war verfehlt worden. In Zeiten wie diesen war das Schicksal oft nur eine Frage von Zentimetern.

3

Die Kriegswirren rissen Familien auseinander, schufen neue Wege, aber auch unüberwindbare Hindernisse. Inmitten der eisigen Weiten Sibiriens erlebten Theodor und Olga ihr eigenes Schicksal. Olga brachte ihr erstes Kind zur Welt und gab ihm den Namen seines Vaters – eine Geste der Verbundenheit in Zeiten der Unsicherheit. Doch die Familie blieb nicht unberührt von den Entscheidungen der Mächtigen: Theodor Senior wurde 1941 von den Russen gefangen genommen, acht Jahre lang musste er in einem Arbeitslager leiden, das ihn für Deutschlands Krieg gegen zahlreiche Länder verantwortlich machte.

Seine Frau Olga wurde 1942 ebenfalls verschleppt – ihr Ziel war der ferne Osten,

Wladiwostok. Dort wurde sie drei Jahre lang zur harten Arbeit gezwungen, musste Schiffe beladen, während ihre Gedanken sicherlich oft bei ihrer Familie waren. Doch nicht alle Mitglieder wurden in diesen Strudel des Krieges gerissen – Theodors Bruder blieb verschont, seine Blindheit bewahrte ihn vor dem Zugriff der Behörden.

Am Ende des Krieges tauchte eine seltene Chance auf: Ein amerikanischer Soldat, der Deutsch sprach, bot Ludwig die Möglichkeit, mit ihm nach Amerika zu gehen. Ein Neuanfang in einem fremden Land, eine Aussicht auf ein besseres Leben – aber was wäre ein Leben ohne Familie? Ludwig wusste nicht, wo Alwine und Maria waren, und das Risiko, sie zu verlieren, erschien ihm größer als die Ungewissheit einer neuen Zukunft.

So lehnte er das Angebot ab und wurde stattdessen von den Russen mitgenommen – seine Reise führte ihn nach Kirgisien. Das Schicksal hatte ihm eine andere Richtung aufgezwungen. Welche Herausforderungen warteten dort auf ihn? Was wurde aus Alwine und Maria?

Die nahe Nachkriegszeit

1

Die Geschichte nach dem Krieg, die Geschichte der Familie Stroh, der Familie meiner Mutter Irene, ging getrennt weiter. Denn Alwine wurde nach Sibirien in eine Goldgrube verschleppt wo sie arbeiten musste. Ludwig aber war in Kriegsgefangenschaft in Kirgisien.

In den schwindenden Lichtern des Tages, als die Goldgräber ihre Arbeit niederlegten, bemerkten sie das Fehlen einer ihrer Kameraden, Alwine. Die Schaufeln wurden beiseitegelegt, die Laternen ergriffen, und eine Suche begann. Sie riefen ihren Namen durch die Echos der Minenschächte, doch nur die Stille antwortete. Stunden vergingen, und die Sorge wuchs in den Herzen der Männer. Doch als die Hoffnung zu schwinden begann, hörten sie ein fröhliches Lachen aus der Tiefe der Mine. Dort fanden sie Alwine.

Diese Geschichte erzählte Alwine uns das eine oder andere Mal. Es war eine knifflige Situation, die auch anders ausgehen könnte. Aber Gott sei Dank war da alles gut gegangen.

Es war das Jahr 1945, und die Nachrichten von Hoffnung begann sich zu verbreiten, als Alwine eine Notiz am schwarzen Brett ihres Dorfes entdeckte. Die Notiz, geschrieben von ihrem Mann Ludwig, war ein Ruf über die Grenzen der zerrissenen Länder hinweg. Ludwig, lebte und suchte verzweifelt nach seiner Familie in Kirgisien. Doch sie waren in Sibirien.

Mit einem Herzen voller Hoffnung und einer Entschlossenheit, die nur eine Frau, die durch Kriegsjahre gegangen ist, kennen kann, packte Alwine ihre spärlichen Habseligkeiten zusammen. Sie hielt Marias Hand, ihr gemeinsames Kind, das die Wärme eines Vaters nur aus Erzählungen kannte. Sie verließen ihr provisorisches Zuhause, um eine Reise anzutreten, die ebenso gefährlich wie notwendig war. Die Reise von Sibirien nach Kirgisien war keine leichte Aufgabe; es war eine Reise durch unwegsames Gelände, geprägt von den Narben des Krieges und der Ungewissheit des Lebens.

Alwine und Maria reisten durch Dörfer und Städte, die ebenso von der Zeit gezeichnet waren wie sie selbst. Sie begegneten anderen Seelen, die nach dem Krieg nach Hause oder zu ihren Liebsten zurückkehrten. Jeder hatte eine Geschichte zu erzählen, und in jeder Geschichte lag ein Echo von Alwines eigener. Trotz der Hindernisse, die ihnen in den Weg gelegt wurden, blieb Alwines Glaube an die Wiedervereinigung mit Ludwig unerschütterlich. Dies war eine Generation, die noch zusammenhielt, was auch kommen mag.

Die Geschichte von Alwine und Ludwig spiegeln das menschliche Herz und den unerschütterlichen Geist in Zeiten größter Prüfungen wider. Es ist eine Geschichte von Verlust und Wiederfinden, von der Reise durch Dunkelheit zum Licht und von der unendlichen Kraft der Liebe, die selbst die weitesten Entfernungen überbrücken kann.

In den schwierigen Zeiten nach dem Zweiten Weltkrieg, als Armut und Entbehrung in Russland weit verbreitet waren, gab es viele Geschichten von Mut und Opferbereitschaft. Eine solche Geschichte ist die von Olga, der Mutter von Ivan, die in einem Akt der Verzweiflung und des Mitgefühls Weizen stahl, um einem bedürftigen Jungen zu helfen. Trotz der strengen Strafen, die auf Diebstahl standen, entschied sie sich, das Risiko einzugehen, um das Leid des Jungen zu lindern. Ihr selbstloser Akt führte dazu, dass sie für drei Jahre ins Gefängnis musste, ein schwerer Preis für eine Tat der Güte in einer Zeit, in der das Überleben täglich auf dem Spiel stand. Olgas Geschichte ist ein Beispiel für die vielen unerzählten Heldentaten, die in den dunklen Tagen nach dem Krieg stattfanden, als Menschen oft zwischen Moral und Gesetz wählen mussten.

Ein Schicksal in Sibirien

1

In der tiefen Stille Sibiriens, umgeben von der unberührten Natur Kanna's, wurde am 22.01.1951 Ivan Kamerer geboren. Seine Kindheit war geprägt von der rauen Schönheit dieser abgelegenen Gegend, wo die Natur noch ungestüm und wild war. Eines Tages, als Ivan noch ein kleiner Junge war, erlebte er ein Abenteuer, das sich tief in sein Gedächtnis einprägen sollte. Während er über eine hohe Wiese lief, die von der sommerlichen Sonne erwärmt wurde, begegnete er unerwartet einem Wolf. Dieser Moment, in dem Mensch und Tier sich gegenüberstanden, war erfüllt von einer intensiven Stille, die nur das ferne Rauschen des Windes durchbrach. Beide, der Junge und der Wolf, schienen von der plötzlichen Nähe des anderen überrascht zu sein. Sie standen sich perplex gegenüber, jeder in der Erwartung, dass der andere den ersten Schritt machen würde. Doch nach einer Weile, die sich wie eine Ewigkeit anfühlte, entschied sich der Wolf, sich abzuwenden und in die schützende Dunkelheit des Waldes zurückzukehren. Dieser kurze, aber prägende Moment symbolisierte die ungeschriebene Vereinbarung zwischen Mensch und Natur, die in diesen weiten Landschaften Sibiriens herrschte. Für Ivan wurde diese Begegnung zu einer lebenslangen Erinnerung und einer Geschichte, die er noch viele Jahre später erzählen würde. Sie lehrte ihn den Respekt vor der Wildnis und ihren Geschöpfen, eine Lektion, die in der rauen Schönheit seiner Heimat von unschätzbarem Wert war.

In einer kleinen Stadt, in der die Zeiten hart waren, lebte Ivan mit den Geschwistern und seiner Mutter Olga. Ivans Cousinen, die Elerts und die beiden Hartmann-Mädchen, hatten es besonders schwer und mussten oft betteln, um über die Runden zu kommen. Olga, eine warmherzige und entschlossene Frau, konnte das Elend ihrer Verwandten nicht länger mit ansehen.

Eines Tages beschloss Olga, die Verantwortung zu übernehmen und die Elerts sowie die Hartmann-Mädchen bei sich aufzunehmen. Ihr kleines Haus war bald voller Leben und Lachen, obwohl die Herausforderungen groß waren. Olga kümmerte sich liebevoll um die Kinder, gab ihnen ein Zuhause und die Geborgenheit, die sie so dringend brauchten.

Mit der Zeit wuchsen die Kinder zu einer engen Gemeinschaft zusammen. Sie unterstützten sich gegenseitig und lernten, dass Familie nicht nur durch Blut, sondern auch durch Liebe und Fürsorge definiert wird. Olga wurde zur Mutterfigur für alle und ihre Stärke und Hingabe inspirierten die Kinder, selbst in schwierigen Zeiten niemals aufzugeben.

Die Geschichte von Olga und den Kindern wurde in der Stadt bekannt und viele bewunderten ihre Tapferkeit und ihr großes Herz. Sie zeigte, dass selbst in den dunkelsten Zeiten Hoffnung und Liebe gedeihen können, wenn man zusammenhält.

Theo, Ivans Vater, kehrte nach Jahren der russischen Gefangenschaft in den Urlaub in seine Heimat zurück. Er war erschöpft und gezeichnet von den harten Bedingungen, aber fest entschlossen, seine Familie wiederzusehen. Um seine Freiheit zu sichern, ließ er ein Dokument ausstellen, das seinen Tod bescheinigte. Mit diesem Trick konnte er den Fängen der Gefangenschaft entkommen und war nun offiziell ein toter und faktisch ein freier Mann.

Die Geschichte von Theo und seiner mutigen Flucht wurde in der Familie weitergegeben und erinnerte alle daran, dass Hoffnung und Einfallsreichtum selbst in den dunkelsten Zeiten einen Weg finden können.

In jener Zeit, als die Wunden des Krieges noch frisch waren, erhielten die Deutschen in Russland eine bedeutende Bescheinigung. Es wurde offiziell anerkannt, dass sie keine Schuld am Krieg trugen. Diese Anerkennung brachte eine Welle der Erleichterung und Hoffnung mit sich. Viele Deutsche, die in Russland lebten, fühlten sich endlich von der Last der Schuld befreit, die sie so lange getragen hatten. Diese Zeit markierte einen wichtigen Schritt in Richtung Versöhnung und Heilung, sowohl für die Deutschen als auch für die russische Bevölkerung.

Als Olga und Theo endlich wieder vereint waren, beschlossen sie, ein neues Kapitel in ihrem Leben zu beginnen. Sie wählten das malerische Dorf Kanna als ihren neuen Lebensmittelpunkt. Mit vereinten Kräften und viel Hingabe begannen sie, ein Haus zu bauen.

2

Im Jahr 1958 beschlossen die Kamerers, gemeinsam mit ihren Cousins und Cousinen nach Udalna zu ziehen. Dieser Umzug markierte einen neuen Anfang für die gesamte Familie. Sie packten ihre Habseligkeiten und machten sich auf den Weg in die neue Stadt, voller Hoffnung und Erwartungen. In Udalna angekommen, begannen sie, sich ein neues Leben aufzubauen, unterstützt von der engen Bindung und dem Zusammenhalt, der sie als Familie auszeichnete.

In einer kleinen Stadt namens Udalna, die für ihre malerischen Landschaften und unvorhersehbaren Wetterbedingungen bekannt ist, lebte Familie Kamerer, unter anderem der mutige Ivan und sein stämmiger, am 14.09.1914 geborener Vater Theodor. Eines Tages beschlossen sie und Ivans Schwester Nina, mit Theodors Motorrad in eine andere, nicht so weit entfernte, Stadt zu fahren. Sie huschten über die Plätze der Stadt, es war Sonntag. Theodor schob dabei sein Motorrad, welches ihm sehr wichtig war. Als sie später nach Hause fuhren, war das

Wetter tückisch, der Himmel öffnete seine Schleusen und verwandelte die Straßen in schlammige Flüsse. Theo hatte nur Hemd und Hose an und trotz ihrer Bemühungen, das Motorrad durch den zähen Schlamm zu manövrieren, kamen sie nur wenig voran. Theodor, der die Situation schnell erfasste, wusste, dass sie Hilfe brauchten.

Mit einem entschlossenen Blick hielt er einen vorbeifahrenden LKW an. Der Fahrer, ein robuster Mann, schaute aus seinem Fenster und erkannte sofort die Notlage der Dreien. Ohne zu zögern, stimmte er zu, Ivan und Nina mitzunehmen. Während die Kinder im LKW Schutz suchten, machte sich Theodor daran, das Motorrad zu schieben. Er wusste, dass es mehr als nur ein Transportmittel war; es war ein Symbol ihrer Unabhängigkeit und harter Arbeit.

Die Reise war mühsam, jeder Schritt war ein Kampf gegen den Schlamm, der wie ein hungriges Biest an seinen Stiefeln zog. Aber Theodor war entschlossen, nicht aufzugeben. Er dachte an die vielen Male, die das Motorrad sie zuverlässig an ihr Ziel gebracht hatte, und jetzt war es an ihm, dasselbe für das Motorrad zu tun. Die Vorstellung, es zurückzulassen, war unerträglich, nicht nur wegen der Gefahr des Diebstahls, sondern auch wegen des emotionalen Wertes, den es für sie beide hatte.

Als Ivan und Nina dann in Udalna, ihrem Heimatdorf, ankamen, waren sie erschöpft, aber dankbar für die Freundlichkeit eines Fremden und für die Lektion, die beide gelernt hatten. In Momenten der Not zeigt sich der wahre Charakter eines Menschen, und Theodor hatte bewiesen, dass seine Entschlossenheit und sein Pflichtgefühl gegenüber seiner Familie und seinem Besitz unerschütterlich waren. Diese Erfahrung würde Ivan und Nina noch lange in Erinnerung bleiben, als eine Erinnerung an die Bande zwischen Vater und Kinder und die unerwarteten Abenteuer, die das Leben manchmal bereithält.

In den späten 1950er Jahren war die medizinische Versorgung in der Sowjetunion mit vielen Herausforderungen konfrontiert, insbesondere bei der Behandlung von Krankheiten wie Lungenentzündung. Theodor, Ivans Vater, erkrankte an jenem Tag, da er sein Motorrad durch das Unwetter schob, an einer solchen Infektion, die damals oft schwer zu behandeln war.

Theo verbrachte ein ganzes Jahr im Krankenhaus in Tabuni, nachdem er an der schweren Lungenentzündung erkrankt war. Die Zeit im Krankenhaus war hart und voller Herausforderungen, doch Theo kämpfte tapfer gegen die Krankheit an. Während dieser langen Monate wurde er von den Ärzten und dem Pflegepersonal gut versorgt, und seine Familie stand ihm stets zur Seite. Trotz der schwierigen Umstände blieb Theo hoffnungsvoll und entschlossen, wieder gesund zu werden.

Trotz der begrenzten medizinischen Möglichkeiten zeigten Ärzte und Pflegepersonal in der Sowjetunion großes Engagement und Kreativität bei der Suche nach Lösungen, um das Leiden ihrer Patienten zu mindern und die Genesung zu fördern. Theodors Fall wäre wahrscheinlich ein Beispiel für die

Widerstandsfähigkeit sowohl der Patienten als auch des medizinischen Personals.

Nach einem Jahr im Krankenhaus mussten die Ärzte Theo Kamerer schweren Herzens nach Hause entlassen, da sie ihm nicht mehr helfen konnten. Trotz aller Bemühungen und Behandlungen war seine Genesung nicht möglich. Theo kehrte zu seiner Familie zurück, um die verbleibende Zeit in der vertrauten Umgebung und im Kreise seiner Liebsten zu verbringen.

In der Stille des alten Hauses, wo die Zeit zu stehen schien, begann ein Abschied, der so herzzerreißend wie unausweichlich war. Vater Theodor lag mit Lungenentzündung in seinem Bett. Als die Lage relativ aussichtslos schien gingen einer nach dem anderen der Kinder Theodors in dessen Schlafzimmer, ein Raum, der nun von der Schwere des bevorstehenden Verlustes erfüllt war. Theodor Junior, der älteste, dessen Beziehung zu seinem Vater erst in den späteren Jahren Gestalt annahm, stand an der Schwelle, seine Augen voller unausgesprochener Worte und einer tiefen

Traurigkeit, die nur ein spät bekannter Sohn empfinden kann. Nina, die mit der Anmut einer leisen Brise eintrat, legte ihre zarte Hand in die ihres Vaters, ein stummes Versprechen, dass ihre Liebe ihn über die Grenzen dieser Welt hinaus begleiten würde. Ivan, dessen Lachen und Charme die Herzen aller erobert hatten, hielt die Hand seines Vaters fest, als wollte er ihm all die Kraft geben, die er selbst im Überfluss besaß. Olga, deren robuste Natur oft als Säule der Familie galt, verbarg ihre Tränen nicht, als sie sich über ihren Vater beugte, um einen letzten Kuss auf seine Stirn zu drücken. Sascha, der niemals eine Diskussion scheute, stand mit festem Blick da, seine Entschlossenheit maskierte kaum die Zerbrechlichkeit seines Herzens. Willi, der Spaßvogel, versuchte ein Lächeln, das so bitter wie süß war, und erinnerte seinen Vater an die Freude, die er immer in ihr Leben gebracht hatte. Und Lida, deren fröhliches Wesen selbst in dieser dunklen Stunde einen Funken Hoffnung aufblitzen ließ, flüsterte Worte des Trostes, die wie ein sanfter Sommerregen waren. So verabschiedeten sie sich, jedes Kind auf seine Weise, und ließen ein Stück ihres Herzens bei dem Mann zurück, der ihnen das Leben geschenkt hatte. Es war ein

Abschied, der in der Stille des Raumes widerhallte, ein letztes Lebewohl, das am 09.01.1960 so endgültig war wie der Sonnenuntergang am Horizont. Doch in jedem Tränentropfen, der fiel, und in jedem flüsternden Wort des Abschieds, lebte die Liebe weiter, unerschütterlich und ewig.

Theo Kamerer verstarb schließlich, und in dieser schweren Zeit standen die Elerts den Kamerers bei. Sie unterstützten die Familie mit allem, was sie konnten, und halfen ihnen, den Verlust zu bewältigen. Die enge Bindung zwischen den beiden Familien wurde in dieser Zeit der Trauer und des Zusammenhalts noch stärker.

Kirgisien und Kasachstan

1

In den weiten Steppen Kirgisiens, fand nach den Wirren des Krieges eine Familie wieder zusammen. Alwine und Ludwig Stroh, die nach dem Krieg durch die Unbilden der Zeit getrennt wurden, entdeckten in der rauen, doch schönen Landschaft Kirgisiens erneut ihre Liebe zueinander. In dieser Zeit des Neuanfangs und der Hoffnung brachte Alwine ihren Sohn Robert zur Welt, ein Bündel Freude, das die Herzen der jungen Eltern mit unermesslichem Glück erfüllte. Nicht lange danach, am 14.09.1953 folgte die Geburt ihrer Tochter Irina, ein weiteres Zeichen des Lebens und der Zukunft, das die Familie Stroh in ihrem neuen Heimatland begrüßte.

Alwine und Ludwig, deren Liebe die Dunkelheit des Krieges überdauert hatte, sahen in ihren Kindern das Versprechen einer besseren Welt. Sie erzogen Maria, Robert und Irina mit den Werten der Härte und der Zärtlichkeit, lehrten sie, die Schönheit der Natur zu schätzen und die Bedeutung von Familie und Zusammenhalt zu verstehen. Die Geschichten ihrer Eltern über die Entbehrungen und den Mut während des Krieges wurden zu Lehren des Lebens, die Maria, Robert und Irina tief in ihren Herzen trugen.

2

Die Geschichte der Familie Stroh, bestehend aus Alwine und Ludwig sowie Maria, Robert und Irina, die nach Kasachstan zogen, ist eine von vielen, die das Schicksal der Deutschen in Osteuropa widerspiegelt. In den Jahren nach dem Zweiten Weltkrieg wurden viele Deutsche aus ihren Heimatländern vertrieben oder entschieden sich aus verschiedenen Gründen, in die Sowjetunion zu migrieren. Kasachstan, damals Teil der Sowjetunion, wurde für viele zu einem neuen Zuhause. Die Bedingungen waren oft hart, mit extremen Wetterbedingungen, begrenzten Ressourcen und der Herausforderung, sich in einer neuen Kultur zurechtzufinden. Trotz dieser Schwierigkeiten bauten viele deutsche Familien ein neues Leben auf, bewahrten ihre Sprache, Traditionen und Kultur und trugen zum Wachstum und zur Entwicklung der Region bei. Die Geschichte der Familie Stroh könnte ähnliche Elemente von Entbehrung und Entschlossenheit enthalten, da sie sich an das Leben in der kasachischen Steppe anpassten und zur Gemeinschaft beitrugen. Ihre Erfahrungen würden wahrscheinlich die Komplexität der menschlichen Ausdauer und die Fähigkeit, inmitten von Widrigkeiten zu gedeihen, hervorheben.

Die deutsche Minderheit in Kasachstan hat trotz der Herausforderungen der Vergangenheit und der Anpassung an neue Umgebungen bemerkenswerte Anstrengungen unternommen.

Historisch gesehen, nach der Deportation während des Zweiten Weltkrieges, mussten die Deutschen in Kasachstan unter schwierigen Bedingungen überleben und hatten oft nur begrenzte Möglichkeiten, ihre Kultur auszuleben. Trotzdem haben sie Wege gefunden, ihre Sprache und Bräuche zu pflegen, was bis heute in verschiedenen Formen der kulturellen Ausdrucksweise sichtbar ist. Die deutsche Minderheit wird als ein integraler Bestandteil der kasachischen Gesellschaft angesehen und hat insbesondere in den 1970er und 1980er Jahren dazu beigetragen, Kasachstan zu einem kulturellen Zentrum der Deutschen in der Sowjetunion zu machen. Darüber hinaus unterstützen Organisationen wie das Goethe-Institut Projekte zur Förderung der deutschen Sprache und Kultur in Kasachstan und Kirgisistan. Ethnokulturelle Zentren und gesellschaftliche Vereinigungen ermöglichen es, die deutsche Kultur und Sprache zu erhalten und weiterzugeben, was die ethnische Identität der deutschen Minderheit stärkt. Diese Bemühungen zeigen, dass die deutsche Gemeinschaft in Kasachstan ihre kulturelle Identität aktiv bewahrt und weiterentwickelt hat.

Valentina, das vierte Kind der Familie Stroh, erblickte in einer Zeit großer Veränderungen und Neuanfänge das Licht der Welt. Ende der 1950er, Anfang der 1960er Jahre war eine Ära des Umbruchs, nicht nur in Kasachstan, sondern weltweit. In dieser Zeit, als die Welt sich politisch und kulturell neu formierte, wuchs Valentina in den weiten Steppen Kasachstans auf, umgeben von einer rauen, aber atemberaubenden Landschaft, die ihren Charakter prägte. Ihre Familie, die Strohs, waren Teil einer Gemeinschaft, die trotz der Herausforderungen des Lebens in einer so entlegenen Region eng zusammenhielt. Valentinas Kindheit war geprägt von der Arbeit auf dem Land, den traditionellen Werten ihrer Familie und der Gemeinschaft sowie dem Geist der Solidarität, der in diesen Zeiten essentiell war. Sie lernte früh, was es bedeutet, Verantwortung zu übernehmen, und ihre Erfahrungen formten sie zu einer starken und widerstandsfähigen Persönlichkeit. Ihre Geburt in dieser dynamischen Zeit legte den Grundstein für ein Leben voller Entschlossenheit und Mut.

Ivan

1

Im Mai 1960 kehrten die Kamerers nach Kanna zurück. Mit dem Kauf eines alten Hauses und dem Bau eines neuen Im Hof schufen sie sich ein neues Zuhause. Als der Herbst kam, war es endlich soweit: Der Einzug ins neue Heim begann.

Während die Geschwister Olga und Theo arbeiteten, fiel Nina die Verantwortung für die kleineren Geschwister zu. Dies bedeutete jedoch eine große Herausforderung für sie – ein ganzes Jahr verging, ohne dass sie die Schule besuchen konnte.

Es ist eine Geschichte von Neuanfang, Familienzusammenhalt und den Opfern, die manchmal gebracht werden müssen.

2

Ivans Mutter Olga war vierzig Jahre alt als ihr Ehemann verstorben war. Anfang der 1960er Jahre heirateten Ivans Bruder Theodor und

Lina. Nach einer Weile zogen die beiden nach Moldawien um.

In den 1960er Jahren, als die kulturelle Landschaft von einer Welle der musikalischen Experimentierfreude erfasst wurde, war auch Ivan von der Leidenschaft für Musik ergriffen. Er träumte davon, sein Talent zu verfeinern und ein professioneller Musiker zu werden. Mit Hoffnungen, die so weit reichten wie die Eisenbahnschienen, die ihn nach Moskau trugen, bereitete sich Ivan auf die entscheidende Aufnahmeprüfung vor, die sein Schicksal besiegeln würde. In Moskau angekommen, fand er sich inmitten einer Gruppe gleichgesinnter junger Männer wieder, die alle das gleiche Ziel verfolgten: die Meisterschaft eines Instruments. Doch während viele von ihnen nur die Kunst des Instrumentalspiels erlernen wollten, sah die Jury in Ivan ein anderes Potenzial. Sie erkannten in seiner Stimme eine seltene Qualität, die nicht ungehört bleiben sollte. So stand Ivan vor einer Wahl, die seine Zukunft prägen sollte. Die Jury legte ihm nahe, sich auf den Gesang zu konzentrieren, mit dem Versprechen, dass das

Erlernen von Instrumenten ein integraler Bestandteil dieses Studiums sein würde. Es war eine Gelegenheit, die sowohl Herausforderung als auch Versprechen bot. Indem er sich auf den Gesang konzentrierte, würde Ivan nicht nur seine stimmlichen Fähigkeiten schulen, sondern auch ein tiefes Verständnis für die musikalische Komposition und die Harmonie der Instrumente erlangen. Dieser multidisziplinäre Ansatz würde ihm eine breitere Perspektive auf die Musik eröffnen und ihn zu einem vielseitigeren Künstler machen. So stand Ivan an der Schwelle zu einer Ausbildung, die ihn nicht nur als Sänger, sondern als umfassenden Musiker formen würde. Seine Entscheidung, den Empfehlungen der Jury zu folgen, war ein Sprung ins Unbekannte, aber einer, der von dem Wunsch angetrieben wurde, seine musikalischen Fähigkeiten voll auszuschöpfen. Die folgenden Jahre würden von harter Arbeit, Entdeckungen und der unaufhörlichen Verfolgung der Perfektion geprägt sein. Doch Ivan war bereit, sich diesen Herausforderungen zu stellen, denn er wusste, dass am Ende des Weges die Erfüllung seiner musikalischen Träume stehen könnte.

Ivan stand vor einer schwierigen Entscheidung, als er die Nachricht erhielt, dass er die Musikaufnahmeprüfung bestanden hatte. Seine Mutter Olga war überrascht und zugleich besorgt, denn die Familie hatte bereits finanzielle Verpflichtungen durch Ninas Ausbildung. Trotz der Freude über Ivans Erfolg musste Olga ihm die schwierige Wahrheit mitteilen, dass für seine musikalische Ausbildung kein Geld übrig war.

In der rauen und unerbittlichen Landschaft Sibiriens, wo die Winter lang und erbarmungslos sind, machte sich Mutter Olga große Sorgen um die Zukunft ihres Sohnes Ivan. Sie wusste, dass die Bildungschancen hier begrenzt waren und dass Ivan, der sich bereits mit der Härte des Lebens abmühen musste, Schwierigkeiten haben würde, seine schulische Laufbahn erfolgreich zu beenden. In ihrer Weisheit und mit einem tiefen Glauben an die Familie beschloss sie, Ivan zu seinem Bruder Theodor nach Moldawien zu schicken, in der Hoffnung, dass er dort unter der Obhut seines Bruders gedeihen und seine Schule fortsetzen könnte.

Theodor, der in Moldawien ein neues Leben aufgebaut hatte, war bekannt für seine Strenge und Disziplin, Eigenschaften, die in der Bildungswelt hoch geschätzt werden. Olga vertraute darauf, dass unter seiner Anleitung Ivan nicht nur die zehnte Klasse abschließen, sondern auch die notwendigen Fähigkeiten und das Wissen erlangen würde, um in der Welt erfolgreich zu sein. Ihre Entscheidung war nicht leichtfertig; sie war geprägt von der Hoffnung und dem unerschütterlichen Glauben an das Potenzial ihres Sohnes.

Als die Ergebnisse bekannt gegeben wurden, war die Freude unbeschreiblich. Ivan hatte bestanden. Mutter Olgas Glaube an ihren Sohn und Bruder Theodors unerschütterliche Unterstützung hatten sich ausgezahlt. Ivans Erfolg war ein leuchtendes Beispiel dafür, was erreicht werden kann, wenn Familie zusammenhält und aneinander glaubt.

Diese Geschichte ist ein Zeugnis der Kraft der Familie, der Bedeutung der Bildung und des unermüdlichen menschlichen Geistes. Es ist eine

Geschichte, die zeigt, dass, egal wie hart die Umstände sein mögen, mit Glauben, Entschlossenheit und der Unterstützung von Lieben, jeder Schüler sein Potenzial erreichen und seine Träume verwirklichen kann.

3

Ivan, zurück in Kanna, stand vor einer entscheidenden Wende in seinem Leben, als er die militärische Ausstellung der Sowjetunion besuchte. Die Ausstellung präsentierte stolz die verschiedenen Facetten der Streitkräfte, von der Bodentruppe bis zur Marine. Als Ivan die mächtigen U-Boote sah, spürte er eine Mischung aus Ehrfurcht und Neugier. Die Verpflichtung für drei Jahre schien jedoch eine zu große Bindung, eine Zeitspanne, die ihm endlos erschien. Die Marineflieger hingegen boten eine attraktive Alternative; die Aussicht, nur zwei Jahre zu dienen und dabei die Marine kennenzulernen, war verlockend. Es wurde ihm gesagt, dass die Ausbildung intensiv, aber lohnend sei. Die Entscheidung lag bei Ivan, und während er durch die Ausstellung schlenderte, wog er seine Optionen ab. Die Marineflieger schienen ihm eine Welt voller Abenteuer und Herausforderungen zu versprechen, eine Chance, über den Horizont hinauszublicken und Teil von etwas zu sein, das größer war als er selbst. Mit einem Gefühl der Entschlossenheit und dem Wunsch, seine Grenzen zu erweitern, traf Ivan seine Wahl. Er würde sich den Marinefliegern anschließen, um seinen Beitrag zum Ruhm der Sowjetunion zu leisten.

Irina

1

In den späten 1960er Jahren, einer Zeit des gesellschaftlichen Wandels und der technologischen Fortschritte, träumte Irina davon, als Stewardess die Welt zu sehen. Die Vorstellung, durch die Lüfte zu gleiten und exotische Orte zu besuchen, faszinierte sie. Doch das Leben hatte andere Pläne für sie. Trotz ihres Wunsches, in der Luftfahrt zu arbeiten, entschied sie sich für eine Karriere als Buchhalterin. Ihre akademischen Leistungen waren beeindruckend, und ihre Fähigkeiten mit dem Rechenschieber zeugten von einem scharfen Verstand für Zahlen und Details.

Als Buchhalterin fand Irina eine Welt, die ebenso herausfordernd und erfüllend war wie die, die sie in den Wolken erwartet hatte. Sie entdeckte, dass die Präzision und Ordnung der Buchhaltung ihr ein Gefühl von Sicherheit und Kontrolle gab. In einer Zeit, in der Frauen in der Berufswelt noch immer um Anerkennung kämpften, bewies Irina, dass sie nicht nur mit ihren männlichen Kollegen mithalten, sondern sie auch übertreffen konnte. Ihre analytischen Fähigkeiten und ihre Liebe zum Detail machten sie zu einer geschätzten Mitarbeiterin.

Ihre Karriere als Buchhalterin war geprägt von der gleichen Leidenschaft, die sie ursprünglich für die Luftfahrt empfunden hatte. Sie nutzte ihre Fähigkeiten, um die finanzielle Gesundheit der Unternehmen, für die sie arbeitete, zu sichern und zu verbessern. Irina wurde zu einem Beispiel dafür, wie man Träume anpassen und dennoch Erfüllung im Berufsleben finden kann. Ihre Geschichte ist ein Zeugnis dafür, dass manchmal der Weg, den das Leben für uns vorsieht, genauso lohnend sein kann wie der, den wir uns ursprünglich vorgestellt haben.

Umzug nach Moldawien

1

Mutter Olga stand an einem Wendepunkt in ihrem Leben. Vor einiger Zeit verkaufte sie ihr altes Haus und auch die Tiere des Hofs – ein mutiger Schritt, der ihr 4000 Rubel einbrachte. Diese Entscheidung zeugte nicht nur von Entschlossenheit, sondern auch von dem Wunsch, einen Neuanfang zu wagen. Doch der Weg in eine neue Zukunft war mit Herausforderungen gepflastert.

Um die Fahrt in das ferne Moldawien zu bestreiten und den notwendigen Proviant dafür einzukaufen, lieh sich Mutter Olga 1000 Rubel von ihrer Tochter Nina. Diese finanzielle Unterstützung war nicht nur ein praktischer Akt, sondern auch ein Symbol für das Vertrauen und den Zusammenhalt innerhalb der Familie. Mit diesen 5000 Rubel – den 4000 Rubel aus dem Verkauf plus den geliehenen 1000 Rubel – schien womöglich der Traum von einem neuen Zuhause greifbar.

Doch als die Familie sich auf den neuen Lebensabschnitt vorbereitete, kam heraus, dass das versprochene Haus in Moldawien 5000

Rubel kostete. Es hätte den finanziellen Rahmen auf den ersten Blick zu sprengen schienen – insbesondere, wenn man bedenkt, dass bereits ein Teil der Mittel für die Überfahrt und den Proviant eingeplant war. Um diese Lücke zu schließen und den Kauf dennoch zu ermöglichen, sahen sich die Kamerers gezwungen, weitere 1000 Rubel von Bekannten zu leihen. Diese zusätzliche Summe war der letzte Puzzleteil, das die Verwirklichung ihres Neuanfangs ermöglichte.

Im Mai 1972 traf die Familie dann endlich ihre folgenschwere Entscheidung: Alle Mitglieder der Kamerers zogen nach Moldawien, bereit, in einem unbekannten Land ein neues Kapitel aufzuschlagen. Die Strapazen des Umzugs, die finanziellen Hürden und der Mut, das Alte hinter sich zu lassen, machten diesen Schritt zu einem Symbol der Hoffnung und der unerschütterlichen Entschlossenheit, gemeinsam in eine bessere Zukunft zu starten.

Diese Geschichte erzählt nicht nur von Zahlen, Geldern und Reisen; sie spiegelt wider, wie familiärer Zusammenhalt und der Glaube an einen Neuanfang selbst in schwierigen Zeiten den Weg ebnen können. Vielleicht hast du dich gefragt, welche Hoffnungen und Träume Mutter Olga und ihre Familie auf diesem neuen Weg begleiteten – eine Einladung, über die Kraft menschlicher Beziehungen nachzudenken, die uns alle antreibt, selbst den schwierigsten Herausforderungen entschlossen entgegenzutreten.

2

Ivan war ein Mann voller Ambitionen und Träume. Gemeinsam mit Herrn Flehmann machte er sich auf den Weg nach Barnaul, in der Hoffnung, den Grundstein für eine Karriere als Rechtsanwalt zu legen. In Barnaul, einer Stadt, die ebenso viel von den Herausforderungen des Lebens wie von den Chancen prahlte, stellte Ivan sich den strengen Anforderungen dieses Berufs. Doch das Schicksal hatte andere Pläne: Trotz all der Erwartungen und der investierten

Energie ergaben sich keine Perspektiven in der juristischen Laufbahn.

Als sich klar wurde, dass der Traum vom Anwaltsberuf unerfüllt bleiben würde, entschieden sich Ivan und Herr Flehmann, einen neuen Weg einzuschlagen. Sie verließen Barnaul, nicht mehr als zwei Reisende, die bereit waren, sich den Unwägbarkeiten des Lebens zu stellen, und begaben sich direkt nach Moldawien – ein Ort, an dem die Familie Kamerer inzwischen ihr neues Zuhause gefunden hatte. In Moldawien, inmitten unbekannter Landschaften und fremder Kulturen, lagen die Hoffnungen der Familie neu begründet.

Hier bei Nina, die mit ihrer herzlichen Gastfreundschaft ihr Heim geöffnet hatte, fanden Ivan und seine Geschwister nicht nur ein Dach über dem Kopf, sondern auch die gewärmte Umarmung familiären Zusammenhalts. In dem bescheidenen, doch liebevoll geführten Heim Ninas verschmolzen vergangene Enttäuschungen mit dem Versprechen eines Neuanfangs. Jeder Tag in Moldawien eröffnete neue Perspektiven und lehrte Ivan, dass das Schicksal oft auf unerwartete Weise den Weg kreuzt – und dass das wahre Glück manchmal in der Gemeinschaft und in gemeinsamen Neuanfängen liegt.

Diese Erzählung wirft einen intensiven Blick darauf, wie sich Lebenswege oft jenseits der ursprünglichen Träume entfalten und wie Wendepunkte – selbst wenn sie aus Enttäuschungen entstehen – die Pforte zu unerwartetem Glück und Zusammenhalt öffnen. Vielleicht interessiert dich, welche weiteren Geschichten sich im familiären Geflecht der Kamerers verbergen oder wie die neuen Herausforderungen in Moldawien das Leben von Ivan und seinen Geschwistern nachhaltig prägten.

Zwei Menschen die erwachsen wurden

1

In den frühen 1970er Jahren, als die Familie Stroh gerade ihre Wurzeln in Moldawien festigte, nachdem sie aus Kasachstan umgesiedelt war, begann eine Geschichte, die die Zeit überdauern würde. Irina, ein junges Mädchen mit leuchtenden Augen und einem Geist voller Träume, traf auf Ivan, einen ehrgeizigen jungen Mann, dessen Familie ähnliche Wege der Migration hinter sich hatte. Ihre Begegnung war das Ergebnis der eng verwobenen Gemeinschaften, die sich in dieser Ära bildeten.

Bald entdeckten sie eine tiefe Verbindung, die über gemeinsame Interessen hinausging.

Die 1970er Jahre waren eine Zeit des Wandels und der Unsicherheit, aber auch des kulturellen Reichtums und der Gemeinschaft. Irina und Ivan, beide Kinder von Familien, die die Härten der Umsiedlung erfahren hatten, verstanden die Bedeutung von Zusammenhalt und Beständigkeit. Ihre Beziehung, genährt durch gegenseitigen Respekt und eine tiefe emotionale Bindung, wurde zu einem Symbol der Hoffnung in ihrer Gemeinschaft. Sie heirateten am 26.10.1974 in einer traditionellen Zeremonie, die die kulturelle Vielfalt Moldawiens widerspiegelte, und legten damit den Grundstein für eine Familie, die die Traditionen beider ihrer Herkunftsländer ehren würde.

Ihre Liebe überstand die Prüfungen der Zeit, und die Geschichte von Irina und Ivan wurde zu einer, die von den älteren Generationen an die jüngeren weitergegeben wurde. Sie erzählt von der Kraft der Liebe, Brücken zu bauen, von der Bedeutung der Familie und von der Schönheit des kulturellen Erbes, das in den Herzen der Menschen weiterlebt, egal wo das Schicksal sie hinführt.

2

Ivan hatte schon immer eine Leidenschaft für große Maschinen und die offene Straße. Als junger Mann träumte er davon, selbst am Steuer zu sitzen. Der Entschluss, LKW-Fahrer zu werden, kam ihm. Ivan war fasziniert von den Geschichten über die Freiheit, die Landschaften und die Kameradschaft unter den Fahrern. Er wusste, dass dies der Beruf war, den er ergreifen wollte.

Die Ausbildung zum LKW-Fahrer war hart, aber Ivan war entschlossen. Er lernte schnell, meisterte die Kunst des Fahrens, der Navigation und der Fahrzeugwartung. Mit jedem Kilometer, den er fuhr, wuchs seine Liebe zum Beruf. Er genoss die Unabhängigkeit, die Verantwortung und die ständig wechselnden Aussichten. Es war ein hartes Leben, aber auch ein erfüllendes, und Ivan wusste, dass er die richtige Wahl getroffen hatte.

1974 war ein besonderes Jahr für Ivan. Nicht nur, dass er sich als LKW-Fahrer etabliert hatte, er heiratete auch seine Liebe, Irina. Die Hochzeit fand im idyllischen Garten von Irinas Eltern statt, umgeben von Blumen und dem Duft von frisch geschnittenem Gras. Alwine und Ludwig Stroh, Irinas Eltern, waren stolze Gastgeber dieses freudigen Ereignisses. Die Sonne schien hell, als Ivan und Irina ihre Gelübde austauschten, und die Luft war erfüllt von Lachen, Musik und der Hoffnung auf eine glückliche Zukunft.

Ivan und Irina begannen ihr gemeinsames Leben mit einer starken Bindung, die durch gemeinsame Werte und Träume gestärkt wurde. Sie unterstützten sich gegenseitig in ihren Bestrebungen, mit Ivan auf der Straße und Irina, die ihre eigene Karriere verfolgte. Ihre Liebe war ein Anker, der sie durch die Stürme des Lebens hielt, und ihre Ehe war ein Zeugnis der Hingabe und des gegenseitigen Respekts.

Ivans Entscheidung, LKW-Fahrer zu werden, und seine anschließende Heirat mit Irina waren Wendepunkte in seinem Leben. Sie markierten den Beginn eines Abenteuers, das von persönlichem Wachstum, beruflicher Erfüllung und einer tiefen, dauerhaften Liebe geprägt war. Seine Geschichte ist ein Beispiel dafür, wie die Verfolgung einer Leidenschaft und die Verbindung mit einem geliebten Menschen das Leben auf unerwartete und wunderbare Weise bereichern können.

Eine neue Familie entsteht

1

Ivan und Irina fanden in den liebevollen Armen Irinas Eltern, Ludwig und Alwine, gleichzeitig Sicherheit und einen Neuanfang. In dem heimeligen Umfeld, in dem respektvolle alte Werte und neue Hoffnungen mündeten, blühte ihre Beziehung auf. Das behagliche Zuhause von Ludwig und Alwine bot nicht nur Schutz, sondern auch eine unerschütterliche Basis, auf der die beiden ihre Zukunft aufbauen konnten. Die Wärme dieses familiären Rückzugsorts schuf den idealen Rahmen, in dem Ivan und Irina gemeinsam träumen konnten.

Während Ivan seinen Weg in diesem neuen Kapitel fortsetzte, entschied sich der Rest seiner Geschwister – Olga, Sascha, Lydia und Willi – gemeinsam mit ihrer Mutter Olga, die vertrauten Weiten Sibiriens wiederzusehen. Die Rückkehr in Sibirien stand sinnbildlich für einen Abschied von manchen Hoffnungen, jedoch auch für die Rückkehr in eine Umgebung, in der Erinnerungen und lange gelebte Traditionen fest verankert waren. In der eisigen Weite Sibiriens erwartete sie eine Welt, die trotz der Kälte von gelebter Wärme und persönlichen Geschichten zeugte.

Im Gegensatz dazu blieb Nina in Moldawien, die Stadt, in der sich die Familie einst auf ein neues Leben eingelassen hatte. Für Nina bedeutete die Entscheidung, in Moldawien zu verweilen, das Festhalten an dem Ort, der so viele Schicksalswege zusammenführte – ein Platz, an dem die Sehnsüchte, die Träume und die Erinnerung an vergangene Zeiten in einem liebevoll geteilten Alltag fortlebten. Während einige Familienmitglieder zu den Glanzlichtern der Vergangenheit und der Heimat in Sibirien zurückkehrten, wurde Moldawien zu Ninas Heimstätte, einem Ort, an dem sie das Band der Familie neu interpretierte.

Diese Geschichte zeigt, wie Wege sich trennen und dennoch im Gewebe der familiären Erinnerungen weiter miteinander verwoben bleiben.

2

In den 1970er Jahren, einer Zeit des technologischen und kulturellen Wandels, wurden Vitalik und Slawik geboren. Diese Dekade war geprägt von einer Rückbesinnung auf handwerkliche Fähigkeiten und die Wertschätzung von Selbstgemachtem, was sich auch in der Fotografie widerspiegelte. Ivan, ein leidenschaftlicher Fotograf dieser Ära, bevorzugte es, seine Aufnahmen selbst zu entwickeln. Zu dieser Zeit war es durchaus üblich, dass Fotografie-Enthusiasten einen eigenen Dunkelraum besaßen, um ihre Filme in Ruhe zu entwickeln und das Endergebnis direkt zu beeinflussen. Dieser persönliche Ansatz ermöglichte es, jedes Bild mit einer individuellen Note zu versehen und die Kunst der Fotografie auf eine sehr intime und handwerkliche Weise zu erleben.

Die Fähigkeit, Bilder selbst zu entwickeln, erforderte nicht nur technisches Know-how, sondern auch eine tiefe Verbindung zum fotografischen Prozess. Ivan hätte Stunden in seinem Dunkelraum verbringen können, umgeben von der Geruchsmischung aus

Entwickler- und Fixierbad, während er geduldig darauf wartete, dass sich die Bilder auf dem Fotopapier manifestierten. Es war ein magischer Moment, wenn aus dem Nichts langsam Konturen auftauchten und ein neues Bild zum Leben erweckt wurde. Diese Praxis war nicht nur ein Hobby, sondern auch eine Form der Selbstexpression und ein Fenster in die Seele des Fotografen.

Die analoge Fotografie, wie sie Ivan praktizierte, war eine Kunstform, die Geduld und Präzision erforderte. Jedes Bild war ein Unikat, und Fehler konnten nicht einfach rückgängig gemacht werden. Das machte den gesamten Prozess von der Aufnahme bis zur Entwicklung zu einem durchdachten und sorgfältigen Unterfangen. In unserer heutigen digitalen Welt, in der Bilder oft flüchtig und in großer Zahl produziert werden, erinnert Ivans Hingabe an die analoge Fotografie an eine Zeit, in der jedes Foto als ein kleines Meisterwerk galt.

Die 1970er Jahre waren auch eine Zeit, in der die Grenzen der Kreativität und des persönlichen Ausdrucks neu definiert wurden. Menschen wie Ivan, die ihre eigenen Fotos entwickelten, waren

Teil einer Kultur, die das Authentische und Handgemachte schätzte. Sie waren Künstler und Handwerker zugleich, die in der Lage waren, die Welt durch ihre Linse zu interpretieren und ihre Visionen in greifbare Erinnerungen zu verwandeln. Diese nostalgische Praxis der Fotografie bietet auch heute noch eine wertvolle Perspektive auf unsere schnelllebige, technologiegetriebene Gesellschaft und erinnert uns daran, die Schönheit des Momentes zu schätzen und zu bewahren.

Im Jahr 1978 befand sich die Sowjetunion in einer Phase der Stagnation unter der Führung von Leonid Breschnew. Die politische Atmosphäre war durch eine starke Kontrolle der Kommunistischen Partei und eine eingeschränkte Meinungsfreiheit geprägt. Wirtschaftlich kämpfte das Land mit einer langsamen Wachstumsrate und einer zunehmenden Belastung durch den Militärhaushalt im Kontext des Kalten Krieges. Die Sowjetunion war auch international aktiv, insbesondere durch ihre Unterstützung für kommunistische Regime in der Dritten Welt und ihre Beteiligung am Afghanistankrieg, der Ende 1979 begann. Trotz dieser Herausforderungen blieb die Sowjetunion eine Supermacht mit erheblichem Einfluss auf die globale Politik.

In einem kleinen Dorf, wo jeder jeden kannte, war Alwine bekannt für ihre penible Art und ihren Sinn für Ordnung. Als Ludwig, der lokale Handwerker, beauftragt wurde, in Alwines Nachbarschaft neue Fenster einzusetzen, ahnte niemand, dass dies zu einem kleinen Skandal führen würde. Ludwig, obwohl geschickt in vielen Bereichen, hatte eine Schwäche: er konnte einfach keine Fenster gerade einsetzen. Nachdem die neuen Fenster installiert waren, begannen sich die anderen Dorfbewohner bei Alwine zu beschweren, da sie bald ihre eigenen Fenster inspizierten und feststellten, dass auch ihre nicht ganz gerade waren. Die Fenster waren schief, und das warf das perfekte Gleichgewicht ihres sorgfältig gepflegten Heims aus der Bahn.. Die Beschwerden häuften sich, und bald war Ludwigs Ruf in Gefahr. Er musste schnell handeln, um sein Ansehen zu retten und die Ordnung im Dorf wiederherzustellen. Es war eine Lektion für alle: selbst die kleinsten Details können große Wellen schlagen, besonders in einer Gemeinschaft, wo Harmonie und Ästhetik hochgehalten werden.

In dem kleinen Dorf, umgeben von sanften Hügeln und dichten Wäldern, wurde am 23.08.1978 einst ein Junge namens Slawik geboren. Er war bekannt für seine schelmischen Streiche und seine unstillbare Neugier, die ihn oft in Schwierigkeiten brachte. Alwine, die Besitzerin eines Anwesens im Dorf, hatte ihre eigenen Methoden, mit Slawiks Eskapaden umzugehen. Eines Tages, nachdem er wieder einmal ausgebüchst war und das Dorf auf Trab gehalten hatte, fasste sie einen Entschluss. Sie band Slawik an den alten Eichenbaum im Hof, nicht aus Strafe, sondern um ihm die Konsequenzen seiner Taten aufzuzeigen. Dort, im Schatten der mächtigen Äste, sollte Slawik über seine Taten nachdenken.

Der zuvor, am 12.10.1976, geborene Vitalik hingegen war das genaue Gegenteil von Slawik. Er war ein ruhiger und besonnener Junge, der selten das Bedürfnis verspürte, seine Umgebung zu erkunden oder Unruhe zu stiften. Wenn man Vitalik irgendwo platzierte, konnte man sicher sein, dass er dort verweilen würde, in seinen Gedanken versunken und zufrieden mit der Welt um ihn herum. Er war ein Musterbeispiel für Geduld und Nachdenklichkeit, ein starker Kontrast zu Slawiks ungestümer Natur.

Die Geschichte von Slawik und Vitalik ist eine Erinnerung daran, wie unterschiedlich zwei Menschen sein können, selbst wenn sie unter ähnlichen Umständen aufwachsen. Sie zeigt, dass jeder seine eigene Persönlichkeit und seinen eigenen Weg hat, mit der Welt um ihn herum umzugehen. Während Slawik durch seine Abenteuer lernte und wuchs, fand Vitalik seine Weisheit in der Stille und Ruhe. Beide Jungen hatten ihre Stärken und Schwächen. Ihre Geschichten sind ein Spiegelbild der vielfältigen Natur des menschlichen Geistes und der unendlichen Wege, auf denen wir unsere Pfade durch das Leben weben.

Im Dorf lag ein Kindergarten, der nicht nur ein Ort des Lernens, sondern auch ein sicherer Hafen für die Träume der Kinder war. Alwine, die Nachtwächterin, wachte über die schlafenden Kinder wie eine stille Beschützerin. Eines Nachts, als der Mond hoch am Himmel stand und die Sterne flüsterten, spürte Alwine, dass etwas nicht stimmte. Ein leises Rascheln, ein Schatten, der sich bewegte, wo keiner sein sollte. Sie zögerte nicht, Ludwig, ihren Mann, zu rufen, dessen Schlüsselbund immer bereit war, jedes Geheimnis des Gebäudes zu enthüllen.

Ludwig, mit seiner ruhigen Art und dem scharfen Blick eines Mannes, der schon viel gesehen hatte, folgte dem leisen Ruf des Unbekannten. Er fand den Streuner, einen Schatten von einem Mann, versteckt in einer Ecke, wo die Macht der Unschuld und die Träume der Kinder ihn wie eine Decke umhüllten. Der Streuner, dessen Augen Geschichten von harten Zeiten und verlorenen Wegen erzählten, blickte auf, überrascht und doch erleichtert, endlich gesehen zu werden.

Ludwig, dessen Herz so groß war wie seine Statur, befragte den Fremden nicht mit Worten der Anklage, sondern mit einer Stimme, die Verständnis und Mitgefühl ausstrahlte. Der Streuner, ein Mann, der von der Gesellschaft vergessen wurde, fand in Ludwigs Augen kein Urteil, sondern eine Frage, die tiefer ging: „Was brauchst du?" In diesem Moment, in der Stille des Kindergartens, wurde eine unsichtbare Brücke gebaut, eine Verbindung zwischen zwei Welten, die selten aufeinandertrafen.

Alwine, die aus sicherer Entfernung beobachtete, sah, wie Ludwig und der Streuner sprachen, ein stilles Gespräch, das mehr durch Blicke als durch Worte geführt wurde. Und in dieser Nacht, in der die Welt draußen kalt und gleichgültig schien, fand im Herzen des Kindergartens eine Wärme statt, die nicht in Worten gefasst werden konnte. Ludwig und Alwine, geleitet von einer Güte, die tief in ihnen verwurzelt war, ließen den Streuner gehen, nicht weil sie mussten, sondern weil sie verstanden, dass manchmal der größte Schatz, den man jemandem geben kann, einfach nur Menschlichkeit ist.

So endete die Nacht, und der Streuner verschwand in den frühen Morgenstunden, als die ersten Sonnenstrahlen die Dunkelheit vertrieben. Aber er hinterließ etwas im Kindergarten, etwas Unsichtbares und doch Unvergessliches – eine Erinnerung an die Güte, die in den Herzen der Menschen lebt, die bereit sind, sie zu teilen. Und Alwine und Ludwig, sie wussten, dass sie, auch wenn sie nur kleine Wächter in einer großen Welt waren, in dieser Nacht etwas Großes getan hatten. Sie hatten gezeigt, dass inmitten der Unschuld der Kinder, die Kraft der Menschlichkeit den größten Schutz bot.

3

Ivans Mutter, Olga, war bekannt für ihre Güte und ihr warmes Lächeln, das selbst an den trübsten Tagen Licht brachte. Eines Tages, als sie den gewundenen Pfad entlangging, der durch das Herz der Stadt führte, spürte sie einen plötzlichen Schwindel, der sie wie ein kalter Schatten überfiel. Mit schweren Schritten suchte sie Zuflucht und fand ein verlassenes Häuschen, dessen Fensterläden im Wind klapperten und dessen Tür auf mysteriöse Weise offen stand.

Eine Ziste im ihrem Kopf platzte. Olga, geboren am 13.02.1919 trat ein, die Stille des Raumes umhüllte sie wie eine Decke. Sie ließ sich auf einem alten, staubigen Stuhl nieder, der zu knarren schien, als würde er ihre Last und ihre Geschichten teilen wollen. Die Wände des Häuschens waren mit Spinnweben bedeckt, und ein schwaches Licht fiel durch die schmutzigen Fenster, das die Vergangenheit des Ortes zu erzählen schien. Olga blickte sich um, ihre Augen suchten nach einem Zeichen von Leben, doch sie fand nur die Echos der Erinnerungen, die in den Rissen des Holzbodens gefangen waren.

Die Zeit schien stillzustehen, als Olga dort saß, ihre Gedanken verloren in einem Meer aus vergangenen Glücksmomenten und unerfüllten Träumen. Sie dachte an ihren Sohn Ivan, an sein Lachen, das so oft ihr Herz erwärmt hatte, und an die Hoffnungen, die sie für seine Zukunft gehegt hatte. Doch in diesem Moment, allein in dem verlassenen Häuschen, fühlte sie, wie ihre Kräfte schwanden und die Dunkelheit näher kam.

Mit einem letzten Atemzug, der so sanft war wie der Flügelschlag eines Schmetterlings, gab Olga sich am 29.10.1978 der Stille hin. Das Häuschen, das einst voller Leben gewesen sein mochte, wurde zur letzten Ruhestätte einer Seele, die mit 59 Jahren zu früh von dieser Welt gegangen war. Und während die Sonne unterging und die Schatten länger wurden, blieb das Häuschen stumm Zeuge des Lebens und des Abschieds von Ivans Mutter, einer Frau, deren Geist nun frei war, sich mit den Winden zu erheben und über die Felder zu tanzen, die sie so sehr geliebt hatte.

In der Überlieferung von Familiengeschichten spielen oft tragische Ereignisse eine Rolle, die von Generation zu Generation weitergegeben werden. Der Tod von Oma Olga aufgrund eines Aneurysmas ist ein solches Ereignis, das nicht nur Trauer in der Familie ausgelöst hat, sondern auch als Mahnung dient, wie plötzlich und unerwartet das Leben enden kann. Ein Aneurysma, eine Erweiterung eines Blutgefäßes, kann ohne Vorwarnung zu einem lebensbedrohlichen Zustand führen. Oma Olgas Schicksal erinnert uns daran, wie wichtig es ist, auf die Signale unseres Körpers zu achten. Ihr Verlust hat sicherlich eine Lücke in der Familie hinterlassen, aber auch die Bedeutung von Zusammenhalt und gegenseitiger Unterstützung in schweren Zeiten betont. Es ist wichtig, solche Geschichten weiterzuerzählen, denn sie halten die Erinnerung an geliebte Menschen lebendig und lehren uns wertvolle Lebenslektionen.

Ivan fand sich in der Sanitärabteilung der Konservenfabrik wieder, wo er Seite an Seite mit Ludwig arbeitete. Die beiden waren für die Instandhaltung und Reparatur der sanitären

Anlagen zuständig, eine Aufgabe, die sowohl Fachwissen als auch körperliche Ausdauer erforderte. Ivans Frau Irina war ebenfalls in der Fabrik beschäftigt, allerdings in einer ganz anderen Rolle; sie arbeitete als Buchhalterin im Büro und hatte somit täglich mit Papierkram und Verwaltungsaufgaben zu tun. Dies bot ihr die Möglichkeit, einen anderen Blickwinkel auf das Betriebsgeschehen zu werfen.

Ivans Bruder Theodor hingegen hatte es zu einer leitenden Position gebracht. Als Abteilungsleiter war er nicht nur für die Überwachung der Produktionsabläufe verantwortlich, sondern auch für die Verteilung der Löhne an die Arbeiter. Hierbei entschied er sich, Ivans Lohn direkt an Irina zu übergeben, eine Praxis, die bei Ivan auf wenig Gegenliebe stieß. Er empfand es als übergriffig und demütigend, dass sein Bruder diese Entscheidung ohne seine Zustimmung traf.

Die Arbeit in der Sanitärabteilung war für Ivan mehr als nur eine Quelle des Einkommens; sie war ein täglicher Kampf mit Aufgaben, die ihm wenig Freude bereiteten. Die Monotonie der Routine, der Geruch der Chemikalien und das ständige Rauschen der Maschinen bildeten eine

Kulisse, die ihm fremd und unangenehm war. Es war ein scharfer Kontrast zu der Freiheit und Unabhängigkeit, die er verspürte, wenn er hinter dem Steuer seines LKWs saß. Dort, auf den offenen Straßen, fühlte er sich lebendig und in Kontrolle über sein Schicksal.

So kam es, dass Ivan eines Tages beschloss, der Sanitärabteilung den Rücken zu kehren und zu seiner wahren Leidenschaft zurückzukehren: dem Fahren. Mit jedem Kilometer, den er auf dem Asphalt zurücklegte, ließ er die Frustration und Einschränkungen der Fabrikarbeit hinter sich. Er tauschte die stickige Luft der Sanitäranlagen gegen den frischen Wind, der durch das geöffnete Fenster seines LKWs wehte. Für Ivan war dies mehr als nur eine berufliche Veränderung; es war eine Rückkehr zu sich selbst und zu dem Leben, das er führen wollte.

Ivans Reise als LKW-Fahrer ist ein Zeugnis für Entschlossenheit und Einfallsreichtum. In einer Zeit, in der Ersatzteile knapp und Ressourcen begrenzt waren, begann er seine Karriere bei einem Speditionsunternehmen, das von ihm verlangte, seinen eigenen Lkw zusammenzubauen. Diese entmutigende

Aufgabe schreckte ihn nicht ab; vielmehr beflügelte sie seinen Entschluss. Mit scharfem Blick und einfallsreichem Geist suchte Ivan nach den notwendigen Komponenten, wissend, dass jedes Teil ihn seinem Traum einen Schritt näher brachte. Er fand ein altes Fahrzeug, das längst vergessen war und Rost ansetzte, welches den Schlüssel zu seinen Bestrebungen hielt. Stück für Stück demontierte er den verlassenen Lkw und rettete, was er verwenden konnte.

Der Motor, obwohl abgenutzt, war noch zu retten, und mit akribischer Sorgfalt stellte Ivan ihn wieder her. Das Getriebe, ein kritisches Bauteil, erforderte besondere Aufmerksamkeit, und Ivan widmete viele Stunden seiner Reparatur. Er renovierte die Kabine und machte sie zu einem komfortablen Raum für die Fahrten, die vor ihm lagen. Das Chassis, ramponiert und mitgenommen, wurde verstärkt und lackiert, bereit, den Strapazen der Straße standzuhalten.

Mit jedem Teil, das er wiederherstellte, materialisierte sich Ivans Traum. Er lernte die Feinheiten seines Lkws kennen, verstand jede Schraube, jeden Draht und jedes Getriebe.

Dieses intime Wissen sollte ihm auf der Straße gut dienen, machte ihn nicht nur zu einem Fahrer, sondern zu einem Mechaniker, der jede Herausforderung bewältigen konnte, der sein Lkw möglicherweise gegenüberstand.

Schließlich, nach monatelanger Arbeit, stand Ivans Lkw komplett da. Es war ein Flickwerk aus Teilen, jedes mit seiner eigenen Geschichte, aber zusammen bildeten sie ein Gefäß für Ivans Ehrgeiz. Er drehte den Schlüssel, und der Motor brüllte auf, eine Symphonie aus Beharrlichkeit und harter Arbeit. Ivan hatte nicht nur einen Lkw gebaut; er hatte eine Zukunft gebaut, ein Mittel, um nicht nur Straßen zu durchqueren, sondern den Weg zu seinen Aspirationen.

Als Ivan zu seiner ersten Lieferung aufbrach, summte der Lkw unter ihm, eine Erinnerung daran, was mit Hartnäckigkeit und Können erreicht werden kann. Seine Fahrten waren mehr als eine Route von einem Ziel zum anderen.

Ivan war überglücklich, als er endlich wieder hinter dem Steuer seines LKWs sitzen durfte. Nach einer langen Pause, die ihm wie eine Ewigkeit vorkam, war das Gefühl, den kraftvollen Motor zu starten und die weite Straße vor sich zu haben, für ihn unvergleichlich. Die Freiheit, die er auf der Straße empfand, war für ihn mehr als nur ein Job, es war eine Leidenschaft, die tief in seinem Herzen verankert war. Mit jedem Kilometer, den er zurücklegte, wuchs seine Zufriedenheit, und die Landschaften, die an ihm vorbeizogen, malten ein Bild der Freude in seinem Geist. Es war, als hätte er einen Teil von sich wiedergefunden, der ihm sehr fehlte.

4

Es war ein Winter, der alles andere als gewöhnlich war. Als Nina und Ivan sich auf den Weg machten, war die Landschaft von einem frostigen Glanz überzogen – ein atemberaubendes, wenn auch gnadenlos kaltes Schauspiel. Die beiden waren Teil einer Fracht, die aus funkelnden Gläsern voll Saft und bescheidenen Schalen mit Erbsen bestand – Güter, die in der fernen Ferne Wladivostoks Wärme und Leben versprechen sollten.

In einem Viehwaggon, der mehr als nur ein Transportmittel war, fanden sie Zuflucht vor dem erbarmungslosen Frost. Die Temperaturen erreichten stolze 40 Grad Minus – ein Maß an Kälte, das nicht nur den Atem, sondern auch den Mut zu erstarren schien. Doch Nina und Ivan hatten einen alten, zuverlässigen Ofen an ihrer Seite. Mit Kohle, die in der rauchigen Glut des Feuers zum Leben erwachte, schufen sie sich eine Oase der Wärme inmitten der eisigen Ödnis.

Während der Waggon auf den vereisten Gleisen schwankte, wurde der kleine Feuerplatz zum Symbol ihrer Entschlossenheit. Ivan legte stetig neue Kohlen in das knisternde Feuer, und in dem milden Schein, der an die aufgehende Sonne erinnerte, tauschten sie leise Worte aus. Nina dachte an vergangene Sommer, an Zeiten, in denen das Leben leichter und farbenfroher schien. In diesen Momenten war der Ofen nicht einfach nur ein Wärmequell, sondern das pulsierende Herz ihres Wagens, ein Zeichen dafür, dass Hoffnung in den dunkelsten Stunden nicht erlöschen konnte.

Mit jedem Kilometer, den sie dem Ziel näherkamen, wuchs in ihnen das Wissen, dass diese Reise mehr war als nur ein Transport von Saft und Erbsen. Die Fracht war ein stiller Bote: die Gläser funkelten im schwachen Licht wie Versprechen der Zukunft, und die unscheinbaren Erbsen verkörperten die Beständigkeit des Lebens – kleine, aber wesentliche Bausteine für einen Neuanfang in Wladivostok. Trotz des rauen Klimas und dem lauten Rattern des Zuges schien jede Meile ein Triumph gegen die schier überwältigende Kälte zu sein.

Als sich am Horizont langsam die ersten Anzeichen der Morgendämmerung zeigten, spürte Nina, wie sich nicht nur der Tag, sondern auch ihr innerer Horizont erweiterte. Das Feuer im Ofen, die Kohlen, waren nicht nur Überlebensmittel, sondern ein Sinnbild für Mut, Zusammenhalt und das unerschütterliche Band, das sie miteinander verband. Gemeinsam hatten sie nicht nur den eisigen Winter trotzen können, sondern auch bewiesen, dass wahre Wärme von innen kommt – entzündet durch den unermüdlichen Geist, der selbst in der klirrenden Kälte nicht erlöschen durfte.

Diese Reise, so unwahrscheinlich sie auch schien, wurde zu einer stillen Legende. Eine Legende von zwei Mutigen, die in einer Welt aus Eis und Schnee ein Feuer der Hoffnung entzündeten. Ihre Geschichte erzählt von der unbändigen Kraft des menschlichen Geistes, der selbst unter den härtesten Bedingungen Licht und Wärme verbreiten kann.

5

Der frostige Atem des langen Monats hatte an jeder Faser der Fracht genagt. Inmitten des klirrenden Eises, das die Gläser mit Lebensmitteln in einen starren Mantel gehüllt hatte, beschlossen Nina und Ivan, dass es Zeit war, dem Frost seinen kalten Kampfgeist zu brechen. Mit Bedacht stellten sie den Ofen – ihren improvisierten Feuerschein in dieser endlosen Kälte – direkt vor die Gläser. Die wohlige, flackernde Wärme begann, sich langsam in den eisigen Umhüllungen auszubreiten, als wolle sie das eingefrorene Warten in zarte Lebensgeister verwandeln.

Die Reise hatte ihren Tribut gefordert: Jeder Meter unter Temperaturen, die selten jenseits von 40 Grad Minus lagen, hatte nicht nur die Landschaft, sondern auch die Herzen der Reisenden zu erstarren drohen lassen. Doch dieser kleine, aber bedeutende Akt der Wärme – das Umstellen des Ofens – brachte nicht nur die Lebensmittel langsam zum Erwachen, sondern war auch ein stilles Bekenntnis zu ihrem ungeschmälerten Überlebenswillen. Es war, als ob gerade diese behutsame Geste die mühsam zusammen getragenen Hoffnungen in einem Funken neu entfachte.

Und so kam der Tag des Ankommens in Wladiwostok. Der Bahnsteig, erfüllt von der klangvollen Erwartung eines fremden Horizonts, bot nach der langen, frostigen Odyssee einen Hauch von Erleichterung. In diesem Moment fasste Nina ihren Mut zusammen. Mit einer Geste, die Wärme und Dankbarkeit zugleich ausdrückte, überreichte sie dem Leiter des Lagers, welcher ihr endliches Ziel darstellte, eine sorgfältig zusammengestellte

Gabe: edler Wein und zart schmelzende Pralinen. Dieses Präsent war weit mehr als nur eine Handelsware – es war ein Zeichen von Großzügigkeit, ein Dankeschön für das Überwinden zahlloser Hindernisse und ein Versprechen, dass in den kältesten Stunden immer auch die Wärme des Miteinanders gefunden werden kann.

Der Saft und die anderen Lebensmittel waren noch gefroren und doch fanden sie mit dem Anblick des Weines, der Pralinen und der herzlichen Geste ihren Platz in einer neuen Zukunft. Nina und Ivan hatten nicht nur den frostigen Elementen getrotzt, sondern auch bewiesen, dass selbst in der klirrenden Kälte der Mensch ein Feuer der Hoffnung und des Zusammenhalts entfachen kann.

Diese Geschichte von eisigen Nächten, mutigen Entschlüssen und der Kraft kleiner Gesten erinnert uns daran, dass selbst die scheinbar unbezwingbaren Herausforderungen des Lebens durch Wärme, Kreativität und gegenseitigen Beistand überwunden werden können.

6

Nachdem die frostige Odyssee schließlich ihr Ende fand, blieb die Kälte nicht nur außen, sondern hatte sich auch in Nina eingenistet. Die unbarmherzigen 40 Grad Minus hatten nach einem langen Monat der Strapazen ihre Spuren hinterlassen, sodass sich bei Nina eine tiefe Erkältung breit machte. Inmitten des harten Winters und der unendlichen Weiten Wladivostoks suchten sie und Ivan Zuflucht in einem kleinen, gemütlichen Hotel. Das warme Zimmer und das behagliche Licht halfen, den körperlichen Schmerz und die Müdigkeit des langen Reisens für einen Augenblick zu vergessen. In jenem Zimmer, begleitet vom leisen Rascheln der Vorhänge und dem fernen Klang der Stadt, spürte Nina, wie die Wärme langsam ihre erkälteten Glieder wieder streichelte.

Doch der wahre Wendepunkt dieser Reise lag nicht allein in der vorübergehenden Erholung. Am nächsten Morgen begaben sich Nina und Ivan auf den letzten Abschnitt ihres abenteuerlichen Pfades – direkt zurück nach Hause, nach Grigoriopol in Moldawien. Die Rückkehr in diese alte Heimat, deren Kopfsteinpflaster und verborgene Gassen von längst vergangenen Zeiten erzählten, weckte in beiden ein bittersüßes Gefühl von Nostalgie. Dort, wo die Winde leise Lieder alter Tage trugen, schien jeder Schritt sie tiefer in die vertraute Geschichte ihrer Familie zu führen.

Denn Grigoriopol war nicht nur der Ort, an den sie zurückkehrten, sondern auch der Ort, der das Vermächtnis ihres verstorbenen Vaters in sich trug. Trotz der Entbehrungen und Herausforderungen der langen Reise waren Nina und Ivan stets getragen von der Erinnerung an einen Mann, der mehr als nur ein einfacher Reisender gewesen war. Ihr Vater stammte aus einer reichen Familie und hatte in seinem Leben den Glanz des Luxus und die Fürsorge einer behüteten Kindheit erfahren – unter anderem dank eines liebevollen Kindermädchens, das mit sanfter Hand seine ersten Schritte begleitete. Diese Geschichten aus der Kindheit, voller opulenter Feste, liebevoller Zuwendung und geheimnisvoller Eleganz, offenbarten einen Kontrast zwischen der Kälte der äußeren Welt und der Wärme eines Erbes, das sie nie ganz vergessen konnten.

Auf dem Weg durch die vertrauten Straßen Grigoriopols, begleitet von den Erinnerungen an vergangene Glanzzeiten und dem leisen Klang des Kindermädchens, das einst Lieder und Geschichten erzählte, spürten sie, wie all die Erfahrungen – der bittere Kampf gegen die Kälte und der süße Trost der Erinnerungen – zu einem untrennbaren Teil ihrer Identität wurden. So verbanden sich in dieser Heimkehr Schmerzen und Wärme, Verlust und Erbe zu einer neuen, facettenreichen Geschichte, in der die Spuren eines reichen, vergangenen Lebens immer noch sanft über ihre Gegenwart hinwegwehten.

Umsiedlung

1

Im Jahr 1979, als die ersten Deutschen begannen, aus Russland wegzuziehen, entschied sich auch die Familie Stroh für einen Neuanfang in Deutschland. Robert Stroh, ein Mann mit visionären Ideen und einem starken Willen, packte mit seiner Frau Valentine, seiner Tochter Lilli und seinen Eltern Ludwig und Alwine das wenige, was sie besaßen, zusammen und machte sich auf den Weg in eine ungewisse Zukunft. Sie waren Teil einer größeren Bewegung, die von der Sehnsucht nach Freiheit und besseren Lebensbedingungen angetrieben wurde. Die Geschichte der Deutschen aus Russland ist geprägt von Entbehrungen und Herausforderungen, aber auch von der unerschütterlichen Hoffnung auf ein besseres Leben. Diese Menschen, die ihre Heimat verließen, brachten ihre Kultur, ihre Sprache und ihre Traditionen mit, die sie in ihrer neuen Heimat bewahrten und weitergaben. Die Reise der Familie Stroh war sicherlich nicht einfach, aber sie waren entschlossen, sich ein neues Leben aufzubauen, das von den Werten der Freiheit, des Fleißes und der Gemeinschaft geprägt war. Ihre Geschichte ist ein Beispiel für die vielen Familien, die den Mut hatten, alles zurückzulassen und neu anzufangen, getrieben von der Hoffnung auf eine bessere Zukunft für sich und ihre Nachkommen.

Ivan hatte genug – genug von der Ungleichbehandlung, genug von dem Gefühl, in seinem eigenen Zuhause ein Fremder zu sein. Für viele Russlanddeutsche war das Leben geprägt von Ausgrenzung und Misstrauen. Obwohl sie seit Generationen in Russland lebten, wurden sie oft als Außenseiter behandelt.

Ivan spürte diesen Schmerz in jeder Geste, in jedem misstrauischen Blick, den seine Familie erntete. Und so traf er eine Entscheidung, die Mut und Hoffnung zugleich erforderte: Sie würden ein neues Leben in Deutschland beginnen – dem Land ihrer Vorfahren, das in ihrer Vorstellung für Sicherheit und Anerkennung stand.

Die Reise war lang, sowohl geografisch als auch emotional. Doch mit jedem Kilometer keimte die Hoffnung auf ein Leben ohne Angst, auf ein

Zuhause, in dem sie einfach sie selbst sein durften.

Ivans Reise mit seiner Familie nach Deutschland war eine Geschichte von Neuanfängen und Anpassung. Auf der Suche nach einem frischen Start hat jedes Familienmitglied eine neue Identität angenommen, symbolisiert durch die Änderung ihrer Namen. Ivan wurde zu Johannes, trat in eine neue Rolle ein mit einem Namen, der mit dem deutschen Kulturerbe widerhallte. Irina verwandelte sich in Irene, sie wählte einen Namen, der sowohl eine Verbeugung vor ihren Wurzeln als auch eine Brücke zu ihrer neuen Gemeinschaft war. Vitalik nahm den Namen Viktor an, ein starker und klassischer Name, der ein Gefühl der Integration und Zugehörigkeit mit sich brachte. Schließlich wurde Slawik zu Waldemar, ein Name, der reich an historischer Tiefe und lokaler Resonanz ist. Diese neuen Namen waren nicht nur Etiketten, sondern ein Bekenntnis zu ihrer neuen Heimat, ein Versprechen, ihre Geschichten in das Gefüge eines Landes zu weben, das ihnen ein neues Kapitel bot. Während sie sich in ihrer neuen Umgebung niederließen, navigierte die Familie durch die Komplexitäten des Erlernens einer neuen Sprache, des Verständnisses unterschiedlicher sozialer Normen und des Aufbaus eines Lebens an einem Ort, der weit entfernt von ihrem Ausgangspunkt war. Ihre Reise war eine von Mut, Widerstandsfähigkeit und der beständigen Hoffnung, ein Erbe zu schaffen, das sowohl ihre Vergangenheit als auch ihre Zukunft ehrte.

Johannes und seine Familie durften, von den russischen Behörden vorgeschrieben, nur wenige Fotos mitnehmen, ein schmerzhafter Akt, der das Losreißen von ihrer Vergangenheit symbolisierte. Die Fotos, die sie auswählen konnten, waren mehr als nur Bilder; sie waren Fenster zu einer Welt, die sie zurücklassen mussten, Erinnerungen, die trotz allem blieben. Die Familie fand schließlich Zuflucht in den Lagern Friedland und Raststatt, Orte, die für viele Vertriebene zu vorübergehenden Heimen wurden. Diese Lager waren überfüllt und die Bedingungen oft schwierig, aber sie boten Schutz und eine Gemeinschaft von Menschen, die ähnliche Schicksale teilten. Johannes und seine Familie mussten sich an das Leben im Lager anpassen, an die Unsicherheit und die

Hoffnung auf eine bessere Zukunft. Trotz der Entbehrungen und des Verlusts hielten sie an den wenigen verbliebenen Erinnerungsstücken fest, die ihnen halfen, ihre Identität und Geschichte zu bewahren.

Im Jahr 1980 entschieden sich Johannes, Irene, Viktor und Waldemar, ein neues Kapitel in ihren Leben aufzuschlagen und nach Heilbronn umzuziehen. Dieser Schritt war von großer Bedeutung, da Heilbronn bereits die Heimat seiner Verwandten Ludwig und Alwine sowie deren Sohn Robert und dessen Familie war. Der Umzug bot die Gelegenheit, näher bei seinen Liebsten zu sein und die familiären Bande zu stärken. In einer Zeit, in der familiäre Unterstützung und Zusammenhalt von unschätzbarem Wert waren, ermöglichte dieser Umzug den Kamerers, eine engere Gemeinschaft zu bilden und gemeinsam durch die Höhen und Tiefen des Lebens zu gehen. Die Entscheidung, nach Heilbronn zu ziehen, war nicht nur ein geografischer Wechsel, sondern auch ein symbolischer Akt der Einheit und des gemeinsamen Wachstums.

In den frühen Tagen der Automobilindustrie, als die Nachfrage nach qualifizierten Arbeitskräften das Angebot bei weitem überstieg, war es nicht ungewöhnlich, dass mutige und entschlossene Menschen wie Johannes Kamerer und ein Freund direkt zu den Fabriktoren von AUDI gingen, um Arbeit zu suchen. Mit Zuversicht und der Bereitschaft, hart zu arbeiten, traten sie vor die Personalverantwortlichen, die damals händeringend nach Mitarbeitern suchten, um die wachsende Produktion von Fahrzeugen zu bewältigen. Ihre Initiative und ihr Mut wurden belohnt, als sie aufgrund des hohen Bedarfs an Arbeitskräften und ihrer offensichtlichen Bereitschaft, sich den Herausforderungen der Automobilherstellung zu stellen, prompt eingestellt wurden. Diese Geschichte spiegelt die damalige Zeit wider, in der der persönliche Einsatz und das direkte Nachfragen oft zu einer sofortigen Anstellung führten, eine Praxis, die in der heutigen Zeit der digitalen Bewerbungen und automatisierten Personalverfahren fast undenkbar erscheint. Johannes Kamerer und sein Freund wurden Teil der AUDI-Geschichte, indem sie zu einer Zeit, als die Industrie boomte und jeder fähige Arbeiter zählte, ihre Chance ergriffen und sich einen Platz in den Reihen derer sicherten, die die Zukunft der Mobilität mitgestalteten.

In den frühen 1980er Jahren erlebte Deutschland eine bedeutende Welle der Einwanderung, als Millionen von Russlanddeutschen, die Spätaussiedler, aus der ehemaligen Sowjetunion nach Deutschland kamen.

Die Kamerers zogen in ein Hochhaus, das zu jener Zeit viele Familien mit ähnlichem Hintergrund beherbergte. Dieser Umzug markierte für sie den Beginn eines neuen Kapitels, in dem sie sich nicht nur räumlich, sondern auch sozial und kulturell in die deutsche Gesellschaft eingliederten. Die Geschichte der Familie Kamerer spiegelt die Erfahrungen vieler Russlanddeutscher wider, die in dieser Zeit nach Deutschland kamen und sich bemühten, ihre Vergangenheit mit ihren neuen Hoffnungen und Träumen zu vereinen. Ihre Reise und die vieler anderer Familien trugen dazu bei, das soziale Gefüge Deutschlands zu formen und zu bereichern, indem sie ihre Kultur, Traditionen und Perspektiven einbrachten. Die Integration der Russlanddeutschen in die deutsche

Gesellschaft war ein komplexer Prozess, der sowohl Herausforderungen als auch Chancen bot. Die Unterstützung durch staatliche Programme und die lokale Gemeinschaft spielte eine entscheidende Rolle dabei, den Übergang für die Familie Kamerer und andere zu erleichtern. Heute sind die Russlanddeutschen eine der größten Zuwanderergruppen in Deutschland und haben sich erfolgreich in verschiedenen Bereichen des öffentlichen Lebens etabliert. Die Geschichte der Familien Kamerer und Stroh ist ein Zeugnis für die Resilienz und Anpassungsfähigkeit der Menschen, die bereit sind, neue Wege zu gehen und sich neuen Umgebungen anzupassen, während sie gleichzeitig ihre kulturelle Identität bewahren. Ihre Erfahrungen sind ein wertvoller Teil der deutschen Geschichte und tragen dazu bei, das Verständnis für Migration und Integration in der heutigen Gesellschaft zu vertiefen.

Im Stadtteil Böckingen begannen die Brüder Viktor und Waldemar ihre Bildungsreise in einem gemütlichen Kindergarten, umgeben von alten Bäumen und dem Lachen anderer Kinder. Viktor, der ältere der beiden, hatte dann die

Schule begonnen und war mitten in der zweiten Klasse, als die Familie Kamerer beschloss, nach Schwaigern zu ziehen.

Die neue Heimat

1

Diane`s Geburt könnte einer jener magischen Momente gewesen sein, die das Leben einer Familie für immer prägen. In der ruhigen Stadt Schwaigern, umgeben von der malerischen Landschaft Baden-Württembergs, legten Irene und Johannes den Grundstein für ein neues Zuhause. Während das Haus langsam Gestalt annahm, verbrachte Diane, vielleicht noch unwissend über die Bedeutung dieser Zeit, ihre Tage spielend im Auto auf dem Grundstück. Diese frühen Erinnerungen, eingebettet in die Sicherheit des Familienautos, während um sie herum das zukünftige Heim erbaut wurde, könnten ein Sinnbild für Schutz und Geborgenheit in ihrer Kindheit darstellen. Es ist leicht vorstellbar, wie das rhythmische Hämmern und Sägen, die Melodie des Baufortschritts, zu einer beruhigenden Kulisse für Dianes erstes Lebensjahr wurde.

Ludwig, mit seiner ruhigen und bedachten Art, näherte sich dem Betonmischer wie ein erfahrener Handwerker. Er überprüfte sorgfältig die Maschine, stellte sicher, dass alle Sicherheitsvorkehrungen getroffen waren, und begann dann, den Beton anzumischen. Mit einem tiefen Verständnis für das richtige Mischverhältnis von Zement, Wasser und Zuschlagstoffen bediente er den Betonmischer mit einer Präzision, die nur jahrelange Erfahrung mit sich bringt. Währenddessen waren Heiner, Robert und Eugen damit beschäftigt, die Baustelle vorzubereiten, Gerüste zu errichten und Werkzeuge bereitzustellen. Ihre Frauen, nicht weniger geschickt, koordinierten die Logistik, sorgten für Verpflegung und halfen, wo immer es nötig war. Sie trugen Steine, mischten Mörtel und maßen akribisch die Wände aus. Es war ein Bild echter Teamarbeit, bei dem jeder Handgriff sitzen musste und jeder genau wusste, was zu tun war. Der Hausbau war nicht nur eine Demonstration handwerklicher Fähigkeiten, sondern auch ein Zeugnis der Gemeinschaft und des Zusammenhalts. Jeder brachte seine individuellen Stärken ein, um ein gemeinsames Ziel zu erreichen – ein stabiles und warmes Zuhause zu bauen. Die Frauen, oft unterschätzt, zeigten eine beeindruckende Ausdauer und ein tiefes technisches Verständnis, das den Männern in nichts nachstand. Gemeinsam schufen sie etwas, das mehr war als die Summe seiner Teile, ein Symbol für ihre harte Arbeit und ihre Verbundenheit.

Dieser Umzug markierte einen bedeutenden Wendepunkt in ihrem Leben, da sie sich von vertrauten Gesichtern und Orten verabschieden mussten. In Schwaigern angekommen, fanden sie eine neue Gemeinschaft und neue Möglichkeiten vor. Die Brüder passten sich schnell an ihre neue Umgebung an und fanden Freude an den neuen Abenteuern, die jeder Tag mit sich brachte. Ihre Tage im Kindergarten und in der Schule in Böckingen blieben jedoch eine süße Erinnerung, die sie oft in ihren Gedanken besuchten. Sie erinnerten sich an die Spiele, die sie spielten, die Freunde, die sie machten, und die Lehrer, die sie inspirierten. Diese frühen Erfahrungen prägten ihre Persönlichkeiten und halfen ihnen, die Herausforderungen des Lebens mit Mut und Optimismus zu meistern. Viktor und Waldemar würden immer die wertvollen Lektionen schätzen, die sie in Böckingen gelernt hatten, und die Liebe und Unterstützung, die sie auf ihrem Weg erhalten hatten.

In der kleinen Stadt Schwaigern, umgeben von sanften Hügeln und weitläufigen Weinbergen, führte Irene ein arbeitsreiches Leben. Nach einem langen Tag, der oft damit begann, dass sie ihre beiden Söhne Waldemar und Viktor für die Schule fertig machte, fand sie sich regelmäßig in den späten Nachmittagsstunden in der örtlichen Kinderarztpraxis wieder. Dort, in den ruhigen, pastellfarbenen Räumen, half sie, die Spielsachen zu desinfizieren und die Wartezimmer blitzblank zu halten, eine Aufgabe, die sie mit einer bemerkenswerten Mischung aus mütterlicher Fürsorge und professioneller Gründlichkeit erfüllte.

Die Kinder, Waldemar und Viktor, waren oft dabei, spielend zwischen den Stühlen und dem bunten Spielzeug, das sie später sorgfältig an seinen Platz zurücklegten. Es war ein Bild familiärer Harmonie, das sich dort abends abspielte, ein stiller Kontrast zu dem geschäftigen Treiben des Tages. Irene, die stets darauf bedacht war, ihren Kindern Werte wie Verantwortung und Fleiß zu vermitteln, nutzte diese Momente, um ihnen beizubringen, wie wichtig es ist, etwas für die Gemeinschaft beizutragen.

Später machte sich Irene auf den Weg zum nächsten Job. In einer kleinen Fabrik am Rande der Stadt, wo Bilderrahmen mit Sorgfalt und Präzision hergestellt wurden, verbrachte sie die Vormittage. Die Arbeit war monoton, aber Irene fand Befriedigung in der Perfektionierung jedes Rahmens, den sie fertigte. Sie wusste, dass jeder Rahmen ein zukünftiges Zuhause für Erinnerungen einer anderen Familie bieten würde.

Die Fabrikhallen waren gefüllt mit dem Geräusch von Maschinen und dem Duft von frischem Holz und Farbe. Irene, umgeben von Stapeln von Rahmen verschiedener Größen und Formen, arbeitete unermüdlich, ihre Hände bewegten sich geschickt und sicher. Sie war eine von vielen in der Fabrik, doch ihre Hingabe und ihr Stolz auf ihre Arbeit ließen sie hervorstechen.

Irenes Leben in Schwaigern war nicht außergewöhnlich im Sinne von Reichtum oder Prestige, aber es war ein Leben voller Hingabe und harter Arbeit. Sie war ein Beispiel für die stillen Helden des Alltags, die ihre Aufgaben ohne Klagen erfüllen und dabei die Welt um sie herum ein kleines bisschen besser machen. Ihr

Erbe, geprägt durch die Bilderrahmen, die noch lange nach ihrer Fertigstellung Bestand haben würden, und die Lektionen, die sie ihren Kindern beibrachte, würde in Schwaigern und darüber hinaus weiterleben.

In der malerischen Landschaft von Heilbronn, umgeben von sanften Hügeln und dichten Wäldern, entwickelte sich eine herzliche Tradition in der Familie Kamerer. Nach arbeitsreichen Tagen, versammelten sie sich am Wochenende mit ihren Verwandten, um gemeinsam in den Wald zu gehen und zu grillen. Dies war nicht nur eine Gelegenheit, um die harte Arbeit zu würdigen, sondern auch um Gemeinschaft und Zusammenhalt zu stärken. Die frische Waldluft mischte sich mit dem Duft von gegrilltem Fleisch und Gemüse, während die Kinder im Lachen und Spiel auf den dortigen Spielplätzen aufgingen. Diese Ausflüge boten eine willkommene Pause und eine Chance, die Natur zu genießen, während die Kinder sicher und glücklich spielten. Die Kamerers schätzten diese Momente sehr, denn sie boten eine seltene Gelegenheit, in einer Zeit des Wandels und der Anstrengung, Ruhe und Freude zu finden.

In den 1980er Jahren erlebten die Deutschen in Russland eine Zeit des Umbruchs und der Veränderung. Mit dem Beginn der Perestroika Mitte der 1980er Jahre verbesserten sich die Bedingungen für die Russlanddeutschen allmählich. Die sowjetische Führung lockerte die Ausreisebestimmungen, was zu einer massiven Emigrationswelle führte. Zwischen 1987 und dem Zerfall der UdSSR Ende 1991 verließen etwa 450.000 Russlanddeutsche das Land in Richtung Deutschland. Diese Bewegung war Teil einer größeren Migrationsbewegung, die auch andere Minderheiten umfasste, die aus politischen, ökonomischen und nationalen Gründen emigrierten. Trotz der Herausforderungen, die mit der Emigration verbunden waren, wie überfüllte Durchgangslager und die Anpassung an eine neue Gesellschaft, haben die Russlanddeutschen in Deutschland eine neue Heimat gefunden und tragen heute zur kulturellen Vielfalt des Landes bei. Gleichzeitig gab es Bemühungen, die Rechte der in der Sowjetunion verbliebenen Deutschen zu stärken, wie die Gründung der Organisation „Wiedergeburt" im Jahr 1989, die sich für die Wiederherstellung der Autonomen Republik der

Wolgadeutschen einsetzte. Die Geschichte der Deutschen in Russland ist jedoch komplex und von vielen Faktoren beeinflusst, einschließlich der historischen Beziehungen zwischen Deutschland und Russland, die bis ins Mittelalter zurückreichen.

2

Irene begann Anfang der 1990er Jahre eine Vollzeitstelle bei Knorr, einem Unternehmen, das für seine kulinarischen Produkte bekannt ist. Nach Jahren der Routine suchte sie nach einer neuen Herausforderung und fand diese in ihrer Rolle bei Knorr. Dort konnte sie ihre Leidenschaft für Lebensmittel einbringen. Die Arbeit in einem dynamischen Umfeld, umgeben von Gleichgesinnten, die ihre Begeisterung für Innovationen teilten, war eine willkommene Abwechslung. Irene fühlte sich belebt durch die Möglichkeit, direkt zur Zufriedenheit der Kunden beizutragen. Ihre Tage waren gefüllt mit Teamarbeit und dem ständigen Streben nach Exzellenz. Dieser Karriereschritt war für Irene mehr als nur ein Job; es war eine Chance, sich selbst zu verwirklichen und einen bleibenden

Eindruck in der Welt der Gastronomie zu hinterlassen.

Die Kamerers, eine Familie mit einer langen Tradition der Winterreisen, fanden in Bük, einem malerischen Heilbad in Ungarn, ihr jährliches Refugium. Jedes Jahr, wenn die kalten Winde zu wehen begannen, packten sie ihre Koffer und machten sich auf den Weg, begleitet von einer Schar Verwandter, die sich jedes Mal änderte. Die Bergheims, mit ihrer lebensfrohen Art, waren die ersten Begleiter, die die heilenden Gewässer von Bük genossen. Im folgenden Jahr waren es die Strohs, die mit ihrer Art einen anderen Ton in die Reisegruppe brachten. Die Eckmanns und die Leinwebers, die stets interessiert waren an der lokalen Kultur, der Folklore und Küche Ungarns. Diese Reisen waren mehr als nur eine Flucht vor dem Alltag; sie waren eine Gelegenheit für die Familie Kamerer, ihre Bindungen zu stärken, Erinnerungen zu schaffen und die Vielfalt ihrer erweiterten Familie zu feiern. Jedes Jahr brachte neue Geschichten, Lachen und gemeinsame Momente, die in den warmen Gewässern von Bük ihren Anfang nahmen und weit über die Grenzen der Saison hinaus Bestand hatten.

Die Familie Kamerer erlebte in Ungarn eine kulinarische Entdeckungsreise, die reich an Geschmack und lokaler Tradition war. Während ihres Aufenthalts besuchten sie ein Heilbad, das für seine heilenden Wasser und entspannende Atmosphäre bekannt ist. Dort entdeckten die Kinder zu ihrer großen Freude ein Kiwi-Kaltgetränk. Dieses Getränk, eine Mischung aus süßer Kiwi und sprudelndem Mineralwasser, war eine Neuheit für die Kinder und sie genossen es mit Begeisterung. Die Eltern hingegen ließen sich von den traditionellen ungarischen Speisen verzaubern, die mit Paprika, saftigem Fleisch und herzhaften Soßen zubereitet wurden. Die gemeinsamen Mahlzeiten waren geprägt von Gesprächen und Lachen, während sie die Vielfalt und den Reichtum der ungarischen Küche erkundeten. Besonders beeindruckt waren sie von den kunstvoll zubereiteten Desserts, die sowohl das Auge als auch den Gaumen erfreuten. Die Familie Kamerer verließ Ungarn mit einer Fülle von Erinnerungen und einer neuen Wertschätzung für die Kultur und Küche des Landes.

In den frühen 1990er Jahren, als Deutschland nach der Wiedervereinigung eine Zeit des Wandels und der Hoffnung erlebte, entschieden sich Johannes' Brüder und Schwestern für einen Neuanfang in diesem Land der Möglichkeiten. Mit ihren Ehepartnern und Kindern im Schlepptau kamen sie aus verschiedenen Teilen der Sowjetunion, angezogen von der Aussicht auf Arbeit, Bildung und ein friedliches Leben. Sie ließen sich in der prosperierenden Region Baden-Württemberg nieder, die für ihre malerischen Landschaften, historischen Städte und wirtschaftliche Stärke bekannt ist. Heilbronn, mit seiner lebendigen Wirtschaft und starken Gemeinschaft, bot den Familien die Chance, sich beruflich zu etablieren und ein neues Zuhause zu schaffen. Öhringen, bekannt für seine idyllische Umgebung und kulturelle Vielfalt, war der perfekte Ort für die Kinder, um aufzuwachsen und die deutsche Kultur zu erleben. Heidelberg, die Stadt der Romantik und des Wissens, zog diejenigen an, die nach akademischer Exzellenz und einer reichen kulturellen Szene suchten. Dort fanden sie eine Gemeinschaft, die Bildung und Forschung schätzte, was ihnen half, sich in das soziale und akademische Leben einzufügen. Diese Städte wurden nicht nur zu ihrem Wohnort, sondern auch zu einem Teil ihrer Identität, da sie die lokale Kultur annahmen und gleichzeitig ihre eigenen Traditionen pflegten. Die Entscheidung, nach Deutschland zu kommen, war nicht ohne Herausforderungen, aber durch harte Arbeit, Entschlossenheit und den Zusammenhalt der Familie gelang es ihnen, ein neues Kapitel in ihrem Leben aufzuschlagen.

Johannes war ein wahrer Meister der Unterstützung und des Beistands für seine Geschwister. Er war ein Helfer, der Geduld und Verständnis zeigte, wenn es darum ging, komplexe Konzepte zu erklären. In handwerklichen Dingen war Johannes ebenso geschickt; er reparierte, baute und kreierte, immer bereit, seine Geschwister in Projekten zu unterstützen.

Aber Johannes' Unterstützung beschränkte sich nicht nur auf praktische Hilfe. Er verstand die Bedeutung von Zusammenhalt und Freude innerhalb der Familie. So war er stets mitten im Geschehen, wenn es etwas zu feiern gab. Ob Geburtstage, Feiertage oder einfach nur das Ende einer erfolgreichen Woche. Seine fröhliche

Art war ansteckend, und er hatte ein besonderes Talent dafür, jeden Anlass in ein unvergessliches Ereignis zu verwandeln.

Seine Geschwister schätzten ihn nicht nur für die Hilfe und die Fähigkeiten, die er mit ihnen teilte, sondern auch für seine warmherzige und feierliche Natur. Johannes war ein Anker in der Familie, jemand, der sowohl in Zeiten der Not als auch in Momenten des Glücks präsent war. Seine ausgewogene Mischung aus Verantwortungsbewusstsein und Lebensfreude machte ihn zu einem unverzichtbaren Teil des Familienlebens. Er war ein Vorbild für seine Geschwister, ein Beweis dafür, dass man sowohl ernsthafte Verpflichtungen erfüllen als auch das Leben in vollen Zügen genießen kann.

In den 1990er Jahren, einer Zeit des Umbruchs und der Erneuerung, begann Waldemar seine Gymnasialzeit in Eppingen. Es war eine Ära, in der das Bildungswesen begann, sich neuen Herausforderungen zu stellen und sich an die sich schnell verändernde Welt anzupassen. Währenddessen besuchte Diane die Grundschule und setzte ihre Bildung an der Werkrealschule in Schwaigern fort, wo sie eine solide Grundlage für ihre zukünftigen Bestrebungen legte. Gleichzeitig absolvierte Viktor eine Ausbildung zum Kaufmann, eine Berufswahl, die damals wie heute für junge Menschen attraktiv ist, da sie eine Kombination aus praktischer Erfahrung und theoretischem Wissen bietet. Diese individuellen Bildungswege spiegeln die Vielfalt der Möglichkeiten wider, die das deutsche Bildungssystem seinen Schülern bietet, und zeigen, wie jeder seinen eigenen Weg zum Erfolg finden kann.

Die frühen 1990er Jahre waren eine Zeit des tiefgreifenden Wandels für Deutschland und die Welt. Nach dem Fall der Berliner Mauer im November 1989, der ein Symbol für die Teilung Europas und den Kalten Krieg war, begann das Jahr 1990 mit großen Hoffnungen und Erwartungen. Die deutsche Wiedervereinigung, die am 3. Oktober 1990 offiziell vollzogen wurde, war ein historischer Moment, der das Ende der vier Jahrzehnte währenden Trennung von Ost- und Westdeutschland markierte. Dieses Ereignis war nicht nur für Deutschland, sondern auch für die europäische Geschichte von großer Bedeutung, da es den Weg für eine neue Ära der Zusammenarbeit und Integration ebnete. Die Wiedervereinigung führte zu vielen Herausforderungen, einschließlich der wirtschaftlichen Integration der ehemaligen DDR in die Bundesrepublik Deutschland, was umfangreiche soziale und wirtschaftliche Reformen erforderte. Im selben Jahr wurden auch wichtige politische Entscheidungen getroffen, wie die Einführung des Grünen Punktes als Kennzeichen für recyclebare Verpackungen, was die Umweltbewegung in Deutschland stärkte. Darüber hinaus wurden im Jahr 1990 zwei bedeutende Attentate verübt, eines auf den damaligen Bundesinnenminister Wolfgang Schäuble und eines auf den SPD-Kanzlerkandidaten Oskar Lafontaine, die beide schwer verletzt wurden. Diese Ereignisse zeigten die politischen Spannungen der Zeit auf und hatten einen nachhaltigen Einfluss auf die deutsche Politik. Die frühen 1990er Jahre waren auch geprägt von geopolitischen Veränderungen in Europa, wie dem Zerfall Jugoslawiens und den daraus resultierenden Konflikten, die die internationale Gemeinschaft vor große Herausforderungen stellten. In dieser Zeit wurde auch der Vertrag von Maastricht unterzeichnet, der die Grundlage für die Europäische Union bildete und den Beginn einer neuen Ära der europäischen Integration markierte. Diese Jahre waren auch eine Zeit des technologischen Fortschritts, in der die digitale Revolution begann, die berufliche und private Nutzung von Computern und Mobiltelefonen zunahm und das Internet, insbesondere das World Wide Web und E-Mail, an Popularität gewann. Diese Entwicklungen legten den Grundstein für die heutige vernetzte Welt und hatten tiefgreifende Auswirkungen auf die Gesellschaft, die Wirtschaft und die Kultur. Die Ereignisse der frühen 1990er Jahre in Deutschland waren somit ein Spiegelbild globaler Veränderungen und haben die moderne deutsche Gesellschaft und ihre Rolle in der Welt maßgeblich geprägt.

Viktor, Waldemar und Diane, drei junge Menschen am Anfang ihrer beruflichen Laufbahnen, wählten unterschiedliche Pfade, die ihre Zukunft prägen sollten. Viktor trat in den Grundwehrdienst ein, eine Zeit, in der er Disziplin und Kameradschaft lernte, Eigenschaften, die ihn sein Leben lang begleiten würden. Auch Waldemar leistete einen solchen Dienst. Danach entschied sich Waldemar für das Studium der Betriebswirtschaftslehre, ein

Feld, das ihm analytisches Denken und ein Verständnis für wirtschaftliche Zusammenhänge vermittelte. Diane hingegen begann eine Ausbildung zur Kauffrau für Bürokommunikation, wo sie organisatorische Fähigkeiten und ein Händchen für zwischenmenschliche Kommunikation entwickelte. Jeder von ihnen, mit ihren individuellen Erfahrungen und Lektionen, trug dazu bei, die Vielfalt der beruflichen Möglichkeiten zu illustrieren, die jungen Menschen offenstehen. Ihre Geschichten zeigen, wie Bildung und Ausbildung den Grundstein für eine erfolgreiche Zukunft legen können.

Die dritte Generation wird groß

1

Viktor und Waldemar, zwei junge Männer aus dem Kreis Heilbronn, erlebten die Aufregungen junger Liebe auf unterschiedlichen Wegen, die doch beide zu prägenden Erfahrungen führten. Viktor, dessen Herz auf der Hochzeit einer Cousine erobert wurde, fand sich schnell in einem Wirbel aus Emotionen und Festlichkeiten wieder. Die Hochzeit, ein Ort der Freude und des Neubeginns, bot eine perfekte Kulisse für das Entstehen einer Romanze. Es war ein klassisches Szenario: die Begegnung zweier Blicke, was den Grundstein für mehr legte.

Waldemar hingegen fand seine erste Freundin in einem Umfeld des Lernens und der intellektuellen Entwicklung, an der Fachhochschule. Hier, wo junge Menschen zusammenkommen, um Wissen zu erlangen und Zukunft zu gestalten, entstand eine Verbindung, die auf gemeinsamen Interessen und Zielen basierte. Die Pausen zwischen den Vorlesungen, die gemeinsamen Projekte, all das schuf eine Nähe, die über das Akademische hinausging und persönliche Bande knüpfte.

Viktor, der mit seiner Freundin und seiner Cousine Tanja die Clubs unsicher machte, erlebte die pulsierende Clubszene, die Nächte voller Musik und Tanz, die eine ganz eigene Dynamik in die junge Beziehung brachte. Es war eine Zeit des Ausprobierens, des Grenzen Testens, eine Zeit, in der die Nächte lang und die Erinnerungen prägend waren.

Die Beziehung führte Viktor sogar nach Rumänien, wo seine Freundin studierte. Diese Reisen, die Einblicke in eine andere Kultur, das Erleben des Alltags seiner Freundin in einem anderen Land, all das waren Erfahrungen, die Viktor prägten und die Beziehung intensivierten. Doch trotz der Intensität und der schönen Momente, die beide Männer mit ihren Freundinnen teilten, waren diese ersten Beziehungen nicht von Dauer.

Die Gründe für das Ende dieser Romanzen sind so vielfältig wie das Leben selbst. Manchmal ist es die Entfernung, manchmal der Alltag, der die anfängliche Leidenschaft überholt. Oft sind es auch einfach die unterschiedlichen Lebenswege, die sich trennen und in verschiedene Richtungen führen. Doch auch wenn diese Beziehungen nicht beständig waren, so haben sie doch Spuren hinterlassen. Sie waren Teil des Erwachsenwerdens, Teil des Lebensweges von Viktor und Waldemar.

Es sind Erinnerungen, die Viktor und Waldemar für sich behalten, während sie weiter ihren Weg gehen, geprägt von den Erfahrungen ihrer ersten Liebe im Kreis Heilbronn.

In einer kleinen Stadt, nicht weit von den sanften Hügeln eines Weinbergs, begann die Geschichte von Diane und Bernd. Diane, ein junges Mädchen mit einem freien Geist und einem mutigen Herzen, war gerade sechzehn Jahre alt geworden, als sie Bernd zum ersten Mal sah. Es war ein sonniger Nachmittag, die Luft war erfüllt von der Süße des Sommers und dem Lachen der Jugend. Bernd, ein charmanter Junge mit einem schelmischen Lächeln, war mit seinen Freunden unterwegs, als Dianes Blick auf ihn fiel. Sie spürte sofort eine Verbindung, ein unsichtbares Band, das sie zu ihm hinzog.

Diane zögerte nicht lange. Sie wandte sich an ihre Freundin, eine Vertraute, die immer bereit war zu helfen, und bat um Bernds Nummer. Mit einem Hauch von Aufregung und einer Prise Kühnheit schrieb sie ihm eine Nachricht. Es war ein einfacher Schritt, doch er trug das Gewicht eines Anfangs – den Beginn einer Geschichte, die noch geschrieben werden musste.

Viktor, Bruder von Diane, war ein Mann des Nachtlebens, ein Tänzer im Mondlicht, der seine Abende in den Clubs und Bars mit Waldemar und dessen Freunden verbrachte. Doch wenn er nicht in der pulsierenden Welt der Musik und des Tanzes unterwegs war, fand er sich oft in der Gesellschaft von Diane und Bernd wieder. Sie bildeten ein Trio, das durch die Straßen schlenderte, durch die Felder lief und unter den Sternen träumte.

Die Tage vergingen, und Diane und Bernd schrieben miteinander. Gespräche flossen wie Flüsse, tief und weit, und bald waren Diane und Bernd unzertrennlich. Sie teilten Geheimnisse und Träume, Lachen und Sorgen. Ihre Freundschaft blühte auf wie die Rosen im Garten von Weinsberg, leuchtend und voller Leben.

Viktor beobachtete dies alles mit einem stillen Lächeln. Er wusste, dass die Jugend flüchtig war, ein flüchtiger Moment zwischen den Seiten der Zeit. Doch in Diane und Bernd sah er etwas Beständiges, ein Versprechen, das über die flüchtigen Freuden der Jugend hinausging. Er sah zwei Seelen, die sich gefunden hatten, nicht nur in den Hallen der Unterhaltung, sondern auch in den ruhigen Momenten, in denen nur Worte und Blicke ausgetauscht wurden.

So begann die Geschichte von Diane und Bernd, ein Kapitel voller Hoffnung und Neuanfänge. Es war eine Erinnerung daran, dass manchmal der erste Schritt alles ist, was nötig ist, um eine Reise zu beginnen, die ein Leben lang andauern kann. Und während die Sterne über Weinsberg weiterhin ihre ewige Wache hielten, wussten Diane und Bernd, dass ihre Geschichte gerade erst begonnen hatte.

In den frühen 2000er Jahren war das Nachtleben ein pulsierender Teil der Jugendkultur, und die Kamerer Kinder waren mittendrin. Sie besuchten eine Vielzahl von Clubs, die jeweils ihre eigene einzigartige Atmosphäre und Musikszene hatten. Die Laube war bekannt für ihre entspannte Atmosphäre, wo man sich unterhalten und neue Leute kennenlernen konnte. Der Green Door stach mit seiner lebhaften Tanzfläche und den neuesten Hits heraus, die die Menge bis in die frühen Morgenstunden tanzen ließen. Creme war der Ort für diejenigen, die einen raffinierteren Geschmack hatten, mit einer Auswahl an feinen Getränken und einer eleganteren Einrichtung. Die Foyer Party der Fachhochschule bot eine Gelegenheit, bei der sich Studenten in einer weniger formellen Umgebung treffen und Spaß haben konnten. Und dann gab es noch einen Club in Mosbach, der für seine thematischen Nächte und die Vielfalt der musikalischen Genres bekannt war. In dieser Gruppe gab es Viktor, der eine wichtige Rolle spielte, indem er sich als verantwortungsbewusster Fahrer anbot. Während seine Freunde die Nacht durchtranken und die Freiheit der Jugend genossen, sorgte Viktor dafür, dass alle sicher nach Hause kamen. Diese Clubs waren mehr als nur Orte zum Tanzen und Trinken; sie waren Treffpunkte, an denen Erinnerungen geschaffen und Freundschaften gefestigt wurden. Sie spiegelten die Vielfalt und das Lebensgefühl einer

Generation wider, die in einer Zeit des Wandels und der Möglichkeiten aufwuchs.

2

Viktor, der sich stets durch seinen Eifer und seine Zielstrebigkeit auszeichnete, begann seine Weiterbildung zum Handelsfachwirt mit großer Begeisterung. Er sah darin eine Chance, seine Karriere im Handel auf die nächste Stufe zu heben und sein Verständnis für betriebswirtschaftliche Prozesse zu vertiefen. Währenddessen fand Diane ihre Berufung am Empfang eines renommierten Steuerberaterunternehmens. Ihre freundliche Art und ihr Organisationstalent machten sie schnell zu einem unverzichtbaren Teil des Teams. Sie war das Gesicht der Firma, das erste Lächeln, das Kunden und Geschäftspartner begrüßte. Waldemar hingegen entdeckte seine Leidenschaft für das Marketing und fand seinen Platz bei der Volksbank. Mit kreativen Kampagnen und strategischem Geschick trug er dazu bei, die Marke der Bank in einem wettbewerbsintensiven Markt zu stärken. Seine Arbeit half, die Volksbank als vertrauenswürdigen Partner für Finanzangelegenheiten zu positionieren. Alle drei, Viktor, Diane und Waldemar, zeigten auf ihre Weise, wie man durch Engagement und die Bereitschaft, Neues zu lernen, beruflich vorankommen kann.

Die Geschichte von Johannes, Irene und Waldemar, die ihren Traum von einem eigenen Pool verwirklichten, ist eine Geschichte von Ausdauer und Gemeinschaft. Im Jahr 1998 begannen sie mit der Planung, ein Projekt, das sich als eine wahre Lebensaufgabe herausstellen sollte. Sie stießen auf zahlreiche Herausforderungen, von bürokratischen Hürden bis hin zu technischen Schwierigkeiten. Doch ihr Engagement und ihre Entschlossenheit ließen sie nicht wanken. Sie arbeiteten an Wochenenden, opferten Urlaubstage und investierten nicht nur Geld, sondern auch Herzblut in ihr Vorhaben.
Der Pool wurde Stück für Stück Realität, und mit jedem verlegten Natursteinstück wuchs die Vorfreude auf den Tag der Fertigstellung.

2005 war es dann soweit: Der Pool wurde feierlich eingeweiht. Es war ein Fest, das die harte Arbeit und die gemeinsamen Anstrengungen der letzten Jahre würdigte. Für die Älteren wurde mit Respekt und Anerkennung aufgetischt, für die Jüngeren mit Freude und Begeisterung. Der Pool wurde zum Symbol für das, was man erreichen kann, wenn man zusammenhält und an seine Träume glaubt.

Heute, viele Jahre später, dient der Pool als Zentrum für Zusammenkünfte und Feiern, ein Ort, der die Gemeinschaft stärkt und Freude bringt. Die Geschichte von Johannes, Irene und Waldemar zeigt, dass mit Geduld, Hingabe und dem Glauben aneinander auch die langwierigsten Projekte erfolgreich abgeschlossen werden können.

Die Fußballweltmeisterschaft 2006 in Deutschland, offiziell FIFA World Cup Germany, war ein herausragendes Ereignis, das vom 9. Juni bis zum 9. Juli stattfand und als die 18. Austragung des bedeutendsten Turniers für Fußball-Nationalmannschaften zählt. Italien errang den Weltmeistertitel durch einen Sieg im Elfmeterschießen gegen Frankreich und sicherte sich damit zum vierten Mal die begehrte

Trophäe. Die deutsche Mannschaft belegte den dritten Platz und stellte mit Miroslav Klose den Torschützenkönig, der fünf Tore während des Turniers erzielte. Das Turnier war geprägt von Taktik und Athletik, besonders ab dem Achtelfinale, wo relativ wenige Tore fielen. Trotzdem sorgte das vierwöchige Sommerwetter und die Begeisterung der Zuschauer und Gastgeber für eine ausgelassene Stimmung auf den Rängen und beim Public Viewing. Die Weltmeisterschaft wurde unter dem Motto „Die Welt zu Gast bei Freunden" ausgetragen, was die offene und herzliche Gastfreundschaft Deutschlands widerspiegelte. Allerdings gab es auch Kontroversen, wie die verweigerte Einreise für Mannschaften aus Ghana und Nigeria, was Fragen zur Ernsthaftigkeit des Mottos aufwarf. Insgesamt war die WM 2006 ein unvergessliches Sommermärchen für Deutschland und die Welt des Fußballs.

Im Sommer 2006, während der Fußball-Weltmeisterschaft, war die Atmosphäre in Heilbronn elektrisierend. Die Kamerers, eine lokale Familie, erlebten die kollektive Begeisterung und das Gemeinschaftsgefühl, das sich auf den Public Viewing-Veranstaltungen und entlang der Allee ausbreitete. Es war eine Zeit, in der die Straßen von Heilbronn lebendig wurden, gefüllt mit den Farben der deutschen Flagge und den Klängen von Jubel und Gesang. Die Kamerers, wie viele andere Familien, fanden sich inmitten einer feiernden Menge wieder, die bei jedem Tor der deutschen Nationalmannschaft in Freudentaumel ausbrach. Diese Momente des Zusammenhalts und der Freude waren ein lebendiges Beispiel für die verbindende Kraft des Sports, die Menschen unterschiedlichster Herkunft zusammenbringt. Die Erinnerungen an diese gemeinsamen Erlebnisse sind bis heute ein kostbarer Teil der lokalen Geschichte und Kultur.

In den kalten Wintermonaten fanden Johannes und Viktor Zuflucht in der wärmenden Umarmung ihrer eigenen Sauna. Fast jede Woche entflohen sie dem frostigen Griff der Kälte, indem sie sich in das 85 Grad heiße Refugium zurückzogen. Die Hitze, gepaart mit dem zischenden Aufguss, war nicht nur eine Wohltat für ihre Körper, sondern auch ein Ritual, das ihre Freundschaft stärkte. Gelegentlich erweiterten sie ihren Kreis und luden vertraute Gesichter ein, wie Robert Stroh und Nina, Johannes' Schwester, die sich der geselligen Runde anschlossen. Diese Momente des gemeinsamen Schwitzens und der Entspannung waren mehr als nur eine Flucht vor der Kälte; sie waren eine Zeit, in der Lachen geteilt, Geschichten erzählt und Erinnerungen geschaffen wurden. Die Sauna wurde zu einem privaten Refugium, einem Ort der Ruhe und des persönlichen Austauschs, an dem die Bande der Freundschaft nicht nur erhalten, sondern gefestigt wurden. Mit jedem Aufguss und jedem entspannten Gespräch wuchs das Verständnis füreinander, und die Bindungen, die zwischen Johannes und Viktor bestanden, wurden tiefer und beständiger. Diese Tradition, die sie pflegten, war ein Zeugnis ihrer Verbundenheit und ihres gemeinsamen Wunsches, die Hektik des Alltags hinter sich zu lassen und in einem Raum der Gelassenheit und des Wohlbefindens aufzutanken.

In der klirrenden Kälte der Winter in Schwaigern, umhüllt von der Stille, die nur Schnee zu weben vermag, fanden Johannes und Viktor ihre ganz eigene Tradition. Nachdem sie die wohltuende Hitze der Sauna genossen hatten, deren Dampf in der Luft tanzte wie ein

Geist, der die Welt des Eises und der Glut verbindet, stürzten sie sich mit einem Lachen, das die Stille brach, in den eisigen Pool. Das Wasser, ein Spiegel des winterlichen Himmels, empfing sie mit einem Schock, der durch ihre Körper fuhr wie ein Blitz. Doch dieser Schock war willkommen; er war ein Zeichen des Lebens, ein Triumph des Seins über die Erstarrung der Natur. Mit Herzen, die im Takt des puren Lebens schlugen, sprangen sie aus dem Pool und liefen hinaus in die weiße Pracht. Dort, wo ihre Füße den frischen Schnee berührten, hinterließen sie Spuren, Zeugnisse ihres Mutes und ihrer Freude. Sie lachten, als der Schnee ihre Haut küsste, jeder Flocke dankbar für die Erinnerung daran, dass sie lebendig waren. Und so, in diesem Spiel der Kontraste, zwischen der Hitze der Sauna und der Kälte des Schnees, fanden sie eine Freude, die so klar war wie der Winterhimmel über ihnen.

Viktor, ein aufstrebender Schriftsteller, begann im Jahr 2006 seine Reise in die Welt der Literatur. Anfangs widmete er sich dem Schreiben als eine Form der Übung, um sein Handwerk zu verfeinern und seinen eigenen Stil zu entwickeln. Er verbrachte unzählige Stunden damit, Charaktere zu erschaffen, Handlungen zu weben und Dialoge zu polieren. Mit jedem Wort, das er zu Papier brachte, wuchs sein Vertrauen in seine Fähigkeiten. Schließlich fühlte er sich bereit, seine Arbeit einem breiteren Publikum zu präsentieren. Er begann, Exposés seiner Manuskripte zu erstellen – sorgfältig ausgearbeitete Zusammenfassungen, die das Wesen seiner Geschichten einfingen. Diese Exposés waren sein Schlüssel, um die Aufmerksamkeit großer Verlage zu erlangen. Er wählte Verlage aus, die Bücher ähnlicher Genres veröffentlichten und schickte ihnen seine Vorschläge. Es war ein mutiger Schritt, der viel Mut und Entschlossenheit erforderte, denn die Verlagswelt ist bekanntlich hart und wettbewerbsintensiv. Doch Viktor ließ sich nicht entmutigen. Er wusste, dass jeder große Autor einmal an dem Punkt stand, an dem er stand – am Anfang einer möglicherweise großen Karriere. Mit jedem abgelehnten Exposé lernte er, seine Arbeit zu verbessern und sich weiterzuentwickeln. Er verstand, dass Ablehnung nicht das Ende bedeutete, sondern vielmehr ein Ansporn war, weiterzumachen und sich nicht entmutigen zu lassen. Viktor blieb seinem Traum treu, eines Tages ein veröffentlichter Autor zu sein, und mit jedem Tag, der verging, kam er diesem Ziel ein Stück näher. Seine Geschichte ist ein Beweis dafür, dass Ausdauer und Hingabe an die eigene Kunst unerlässlich sind, um in der Welt der Literatur Erfolg zu haben.

Viktors Bücherregal war eine Schatzkammer des Wissens und der Unterhaltung. Seine Sammlung umfasste eine breite Palette von Genres, die sowohl den Geist als auch die Fantasie anregten. Die Ratgeber in seiner Kollektion boten praktische Lebensweisheiten und Strategien zur Selbstverbesserung, während die Sachbücher tief in verschiedene Themen eintauchten, von Geschichte bis hin zu moderner Wissenschaft. Seine Romane waren eine Flucht in andere Welten, voller komplexer Charaktere und fesselnder Handlungen, die den Leser bis zur letzten Seite in ihren Bann zogen. Die Thriller hingegen waren ein Rausch der Spannung, mit Wendungen, die selbst den schärfsten Verstand herausforderten. Jedes Buch in Viktors Sammlung war sorgfältig ausgewählt und reflektierte seine vielseitigen Interessen und seinen unersättlichen Hunger nach Wissen und Abenteuer. Es war diese Vielfalt, die seine

Bibliothek so einzigartig machte – ein Spiegelbild eines Lebens, das der Bereicherung durch Literatur gewidmet war.

Der Lauf des Lebens

1

Viktor erlebte eine beunruhigende Veränderung in seiner Sehfähigkeit, die er als „starren Blick" beschrieb. Diese Zustandsänderung war selektiv und unvorhersehbar, was ihm dennoch erlaubte, manche Tätigkeiten wie Autofahren und Fernsehen ohne Probleme fortzusetzen. Jedoch fand er sich oft in der Lage, dass er sich von alltäglichen Aktivitäten zurückziehen musste, um sich auszuruhen oder sogar zu schlafen, in der Hoffnung, dass sich seine Augen erholen würden. Seine Freunde und Familie zeigten viel Mitgefühl für seine Situation, was seine bereits vorhandene Zerbrechlichkeit und Sensibilität noch verstärkte. Es war eine Herausforderung, die nicht nur seine physische Gesundheit betraf, sondern auch seine emotionale Widerstandsfähigkeit auf die Probe stellte. Viktor musste lernen, mit den Unwägbarkeiten seines Zustands umzugehen und Strategien zu entwickeln, um sein tägliches Leben anzupassen und seine Lebensqualität zu erhalten. Seine Erfahrungen mit dem „starren Blick" wurden zu einem wesentlichen Teil seiner Lebensgeschichte, die er mit anderen teilte, um

Bewusstsein zu schaffen und Unterstützung für Menschen mit ähnlichen Problemen zu finden.

Ludwig, ein Mann mit einer schweren Lungenkrankheit, die ihn oft plagte, fand sich eines Tages in einer misslichen Lage wieder. Seine Lungen, die immer wieder Wasser ansammelten, zwangen ihn, ärztliche Hilfe im Krankenhaus zu suchen. Doch dort angekommen, erlebte er eine Überraschung, die seine Situation noch absurder machte: Statt zu einem Lungenfacharzt gebracht zu werden, fand er sich vor einem Orthopäden wieder, einem Spezialisten für Knochen. Ludwig, dessen Zustand sich zunehmend verschlechterte, konnte die Ironie der Situation nicht entgehen. Er sagte: Schicken sie doch einen Lungenkranken zum Knochenarzt. Trotz der Bemühungen des medizinischen Personals und der fortgeschrittenen Medizin seiner Zeit, war Ludwigs Krankheit zu weit fortgeschritten. Kurz nach diesem Krankenhausaufenthalt, der mehr Fragen aufwarf als Antworten bot, verstarb Ludwig Stroh. Sein letzter Atemzug fand neben seiner geliebten Frau Alwine statt, im gemeinsamen Ehebett in Heilbronn. Ihre Wohnung, ein Ort voller Erinnerungen und gemeinsamer Jahre, lag direkt unter der Wohnung ihrer Tochter Maria und deren Ehemann. In dieser Wohnung, die Zeuge vieler glücklicher Momente, aber auch des tiefen Leids war, endete Ludwigs Reise. Sein Leben, geprägt von der Liebe zu seiner Familie und dem Kampf gegen seine Krankheit, hinterließ eine Lücke in den Herzen seiner Angehörigen. Doch auch in der Trauer fand die Familie Trost im Beisammensein, gestärkt durch die Nähe zueinander und die Erinnerungen an einen geliebten Ehemann, Vater und Großvater.

In der malerischen Stadt Heilbronn, umgeben von den sanften Hügeln Baden-Württembergs, begann eine bezaubernde Geschichte. Conny, eine junge Frau mit einem Auge für das Besondere, war mit ihrer Kollegin unterwegs, als sie in der lebhaften Menge einen Mann erblickte, der sofort ihre Aufmerksamkeit erregte. Waldemar, so hieß der Mann, stand da, ohne zu wissen, dass er gerade zum Objekt von Connys Interesse geworden war. Mit einem flüchtigen Kommentar offenbarte Conny ihrer Kollegin Nelly ihre Bewunderung für den unbekannten Mann. Es war ein Moment des Schicksals, als Nelly enthüllte, dass der attraktive Fremde niemand anderes als ihr Cousin Waldemar war. Die Welt ist klein, dachte Conny, als sie die überraschende Verbindung verarbeitete.

Die Gelegenheit für eine Begegnung ließ nicht lange auf sich warten. Nelly, die das Funkeln in Connys Augen nicht übersehen konnte, lud sie zu einer bevorstehenden Kamerer Party ein, einer Veranstaltung, bei der Freunde und Familie zusammenkamen, um das Leben zu feiern. Conny, erfüllt von einer Mischung aus Vorfreude und Nervosität, stimmte zu, Nelly zu begleiten. Als der Tag der Party kam, war die Luft erfüllt von der Melodie des Lachens und der Musik, ein perfekter Hintergrund für neue Begegnungen.

Nelly führte Conny durch die Menge, vorbei an tanzenden Paaren und in lebhafte Gespräche vertieften Gruppen, direkt zu Waldemar. Die Vorstellung war einfach, doch in diesem einfachen Akt lag ein Zauber. Waldemar, mit seinem charmanten Lächeln und einer Ausstrahlung, die Conny sofort in seinen Bann zog, begrüßte sie herzlich. Sie sprachen über Belangloses, doch jede Silbe, jeder Blickwechsel vertiefte das unsichtbare Band, das sich zwischen ihnen zu weben begann.

Die Stunden vergingen wie im Flug, und als die Party ihrem Ende zuging, war klar, dass dieser Abend der Beginn von etwas Besonderem war. Waldemar und Conny verabschiedeten sich, doch beide wussten, dass dies nur ein vorübergehender Abschied war. In den folgenden Wochen trafen sie sich wieder, entdeckten gemeinsame Interessen und bauten eine Verbindung auf, die auf jener zufälligen Begegnung in Heilbronn fußte.

Ihre Geschichte, die mit einem flüchtigen Blick begann und durch eine überraschende Verbindung eine Wendung nahm, entwickelte sich zu einer tiefen Zuneigung. Es ist die Art von Geschichte, die zeigt, wie unvorhersehbar und wunderbar das Leben sein kann, wie aus einem einfachen Moment eine lebenslange Verbindung entstehen kann. Waldemar und Conny, einst Fremde in einer Menge, wurden zu Gefährten auf einem gemeinsamen Lebensweg.

Diane und Bernd hatten schon lange von einer eigenen Penthouse-Wohnung geträumt, und als sie endlich die perfekte 3-Zimmer-Wohnung fanden, zögerten sie keinen Moment. Sie ergriffen die Gelegenheit und wurden stolze Eigentümer. Die Wohnung, obwohl bereits charmant in ihrer Struktur, benötigte eine persönliche Note, also begannen sie sofort mit der Renovierung. Irene, mit einem Talent für Kulinarik, sorgte dafür, dass das Team nie hungrig war und kochte köstliche Mahlzeiten für die Mittagspause. Johannes, Waldemar, Viktor und Robert Stroh, ein Bekannter mit handwerklichem Geschick, schlossen sich Diane und Bernd an, um das Projekt zu einem Erfolg zu machen. Sie arbeiteten Hand in Hand, um den Boden mit dunkelbraunem Vinyl zu verlegen, was der Wohnung einen modernen und doch gemütlichen Charakter verlieh. Das Bad wurde nicht nur funktional, sondern auch ästhetisch ansprechend gestaltet, ein Ort der Ruhe und Entspannung. Die Küche, das Herzstück jedes Zuhauses, wurde sorgfältig geplant und bei der renommierten Firma Rempp bestellt, die für ihre Qualität und das handwerkliche Können bekannt ist. Nach der Lieferung bauten die Experten von Rempp die

Küche ein, die nicht nur optisch ansprechend war, sondern auch ergonomisch gestaltet wurde, um den Alltag zu erleichtern. Die Krönung der Wohnung waren jedoch die zwei riesigen Balkone, die von zwei Seiten angelegt waren und einen atemberaubenden Blick auf die Stadt boten. Hier konnten Diane und Bernd die Früchte ihrer harten Arbeit genießen und entspannte Stunden im Freien verbringen. Dieses neue Heim war nicht nur ein Zeugnis ihrer Liebe und Partnerschaft, sondern auch ein Beweis für die Kraft der Gemeinschaft und Freundschaft, die durch gemeinsame Anstrengungen und Ziele gestärkt wurde.

Conny und Waldemar hatten einen Traum: ein eigenes Haus zu bauen, ein Nest für ihre Familie. Mit viel Enthusiasmus und einer klaren Vision begannen sie ihr Projekt in Heilbronn-Ost. Sie wählten sorgfältig die Materialien aus, planten jedes Detail und überwachten jeden Schritt des Bauprozesses. Papa Johannes, mit seiner Erfahrung und Weisheit, stand ihnen zur Seite. Seine Unterstützung war nicht nur praktisch, sondern auch moralisch eine große Stütze.

Die Bauarbeiten gingen zügig voran, und trotz der Herausforderungen, die solch ein großes Unterfangen mit sich bringt, blieb das Paar optimistisch. Sie arbeiteten Hand in Hand mit den Handwerkern, lernten neue Fähigkeiten und lösten Probleme kreativ. Die Gemeinschaft um sie herum beobachtete mit Interesse, wie das Haus Form annahm, und bot ihre Hilfe an, wann immer es nötig war. Das gab Conny und Waldemar das Gefühl, nicht nur ein Haus, sondern ein Zuhause zu schaffen.

Als das Haus 2012 fertiggestellt wurde, war es mehr als nur ein Gebäude; es war ein Zeugnis ihrer Hingabe und Liebe. Jeder Raum erzählte eine Geschichte, jedes Möbelstück hatte eine Bedeutung. Sie hatten einen Ort geschaffen, der Sicherheit und Komfort bot, einen Ort, an dem sie alt werden und Erinnerungen sammeln konnten. Das Haus in Heilbronn-Ost war nicht nur bezugsfertig, es war bereit, mit Leben gefüllt zu werden. Und so begann ein neues Kapitel für Conny und Waldemar.

Nach Jahren des Wartens und der stillen Hoffnung, fand ein besonderer Moment statt, der das Leben von Diane und Bernd für immer verändern sollte. Bernd, ein Mann, der für seine bedächtige Art bekannt war, hatte sich Zeit genommen, um den perfekten Heiratsantrag für Diane zu planen. Er wollte sicherstellen, dass alles bis ins kleinste Detail stimmte, denn für ihn war Diane die Eine, die sein Herz erobert hatte. Diane, die seine ruhige und schlaue Natur schätzte, hatte geduldig auf den Tag gewartet, an dem Bernd bereit sein würde, diesen großen Schritt zu wagen. Und dann führte Bernd Diane zu einem malerischen Ort, der für sie beide eine besondere Bedeutung hatte. Dort ging Bernd wohl auf die Knie und präsentierte Diane einen Ring, der so strahlend war wie ihre gemeinsame Zukunft. Mit Tränen der Freude in den Augen und einem Herzen voller Liebe sagte Diane „Ja" zu Bernd, einem Moment, der in den Sternen geschrieben stand und nun endlich Wirklichkeit geworden war. Dieser Tag markierte den Beginn eines neuen Kapitels in ihrem Leben, eines Kapitels voller Liebe, Lachen und gemeinsamer Träume. Es war ein Beweis dafür, dass wahre Liebe die Geduld hat zu warten und dass die schönsten Dinge im Leben oft die sind, für die man am längsten warten muss. Ihre Geschichte wurde zu einer Inspiration für alle, die glauben, dass Liebe keine Eile kennt und dass die besten

Dinge im Leben jene sind, die mit Sorgfalt und Hingabe gepflegt werden. So wurde der lang erwartete Antrag von Bernd nicht nur ein Meilenstein in ihrer Beziehung, sondern auch ein Symbol für die Tiefe und Beständigkeit ihrer Liebe.

Die Vereinigung der Familien Kamerer und Waltrich im Standesamt Heilbronn war ein bedeutendes Ereignis, das die Herzen vieler berührte. Im Jahr 2012, einem Jahr, das in der Geschichte dieser Familien als ein Wendepunkt markiert ist, gaben sich Diane und Bernd das Ja-Wort in einer Zeremonie, die von Liebe und Gemeinschaft geprägt war. Die Eheschließung war nicht nur ein formaler Akt, sondern auch ein Versprechen zweier Seelen, die sich entschieden hatten, ihren Lebensweg gemeinsam zu gehen. 2013, in der Stille der Kirche in Weinsberg, unter dem sanften Schein der Buntglasfenster, führte Johannes seine Tochter Diane zum Altar. Die Gemeinde erhob sich, als die beiden den Gang entlangschritten, begleitet von dem leisen Rascheln ihrer Schritte. Am Altar wartete Bernd, sichtlich bewegt von der Bedeutung des Moments. Als Steffi, eine langjährige Freundin der Familie, ihre Lieder anstimmte, füllte ihre klare Stimme den Raum, und die emotionale Kraft ihrer Worte ließ die Anwesenden innehalten. Es war ein Moment der Reinheit und der feierlichen Freude, ein Augenblick, der in den Herzen aller verweilen würde. Die Musik, die Zeremonie, die Liebe, die in jedem Blick lag – all das webte zusammen ein Band, das nicht nur zwei Menschen, sondern auch zwei Familien vereinte.

Die darauffolgende Feier war eine Fortsetzung dieser Verbindung, ein Gottesdienst, der die spirituelle Vereinigung des Paares unterstrich und eine Feier, die die Freude und das Glück mit Freunden und Familie teilte. Der Sommer bot mit seinem warmen Glanz und der Fülle an Farben die perfekte Kulisse für ein Fest, das über hundertfünfzig Gäste zusammenbrachte, um die Liebe und das Engagement von Diane und Bernd zu feiern. Jeder Gast trug auf seine Weise dazu bei, diesen Tag unvergesslich zu machen, sei es durch ein Lächeln, ein Geschenk oder einfach durch seine Anwesenheit. Die Erinnerungen an diesen besonderen Sommer werden in den Herzen aller, die teilgenommen haben, weiterleben, als Zeugnis der Kraft der Liebe und der Bedeutung der Familie.

In einem Saal, der von festlicher Stimmung und sanftem Licht erfüllt war, trat Johannes, der stolze Vater der Braut, vor, um mit Diane, seiner Tochter, den ersten Tanz zu beginnen. Es war ein Moment, der die Anwesenden verzauberte, als die Melodien einer deutsch-rumänischen Band durch den Raum schwebten und die beiden in harmonischen Schritten über das Parkett glitten. Das Buffet war ein Schmaus für die Sinne, reich bestückt mit einer Vielfalt an Speisen, die keinen Gast hungrig ließen. Die Feier selbst war ein Abbild perfekter Organisation und herzlicher Freude, ein Zusammenspiel aus Lachen, Gesprächen und dem Klingen von Gläsern. Als der Abend fortschritt, wurde Kuchen serviert, und Bernd fand seinen Moment im Rampenlicht, als er Diane zum Tanz aufforderte. Ihre Schritte waren spielerisch und doch elegant, eine weitere Erinnerung an die Freuden dieses besonderen Tages. Die Musik, das Essen, die Gesellschaft – alles trug dazu bei, eine Atmosphäre zu schaffen, in der Freude und Liebe in ihrer reinsten Form zum Ausdruck kamen. Es war ein Fest, das nicht nur die Vereinigung zweier Herzen feierte, sondern auch die Kulturen, die in dieser Nacht durch Tanz, Musik und kulinarische Genüsse zusammenkamen.

2

Im Jahr 2014 feierten Conny und Waldemar ihre Liebe mit einer freien Trauung, umgeben von der malerischen Landschaft nahe Vaihingen an der Enz. Unter dem weiten Himmel, auf einer blühenden Wiese, versammelten sich Familie und Freunde, um Zeugen ihrer Verbindung zu werden. Eine Geistliche, die zu Connys Bekanntenkreis gehörte, leitete die Zeremonie mit warmen Worten und persönlichen Anekdoten, die das Paar und ihre gemeinsame Geschichte ehren. Musikalisch untermalt wurde dieser besondere Moment von Herrn Riley, dessen Stimme Lieder der Liebe und Freude sang, die in der Luft widerhallten und die Herzen der Anwesenden berührten.

Nach der Zeremonie zog die Feier in eine nahegelegene Halle um, wo die Atmosphäre von festlicher Stimmung geprägt war. Tische wurden liebevoll dekoriert, Kerzenlicht schimmerte und das Lachen und die Gespräche erfüllten den

Raum. Das Festmahl, eine Auswahl an lokalen Köstlichkeiten, wurde serviert, während die Gäste in Erinnerungen schwelgten und neue schufen.

Conny und Waldemar, Hand in Hand, eröffneten die Tanzfläche, ihre Schritte im Einklang mit der Musik und miteinander. Jeder Tanz, jedes Lächeln und jeder geteilte Blick zwischen ihnen war ein Zeugnis ihrer tiefen Verbundenheit. Es war ein Fest, das nicht nur die Vereinigung zweier Herzen feierte, sondern auch die Gemeinschaft, die sie umgab, und die Hoffnung und das Versprechen für ihre gemeinsame Zukunft. Ein Tag, der in den Herzen aller, die teilnahmen, als ein leuchtendes Beispiel für Liebe und Freude verankert bleiben würde.

In dem Jahr, als Conny und Waldemar den Bund fürs Leben schlossen, feierte Diane ebenfalls ein bedeutendes Ereignis – ihren 30. Geburtstag. Die Feierlichkeiten fanden im Albvereinsheim in Weinsberg statt, einem Ort, der mit Leichtigkeit siebzig Gäste beherbergen konnte. Es war ein Raum voller Freude und Gelächter, wo alte Freunde und Familie zusammenkamen, um Dianes Meilenstein zu zelebrieren. Viktor, Bruder von Diane, war für die musikalische Untermalung verantwortlich. Er baute nicht nur die Ausrüstung auf, sondern sorgte gemeinsam mit Bernd, Dianes Ehemann, dafür, dass die Musik die ganze Nacht über die Stimmung hochhielt. Sie wählten Lieder aus, die nicht nur die Tanzfläche füllten, sondern auch Erinnerungen an vergangene Zeiten weckten, Lieder, die Dianes Lebensreise widerspiegelten und die Gäste durch verschiedene Genres und Epochen führten.

Das kulinarische Angebot war ebenso durchdacht. Diane hatte sich entschieden, das Essen von demselben Gastronomen zubereiten zu lassen, der auch ihre Hochzeit mit köstlichen Speisen bereichert hatte. Dieser Gastronom war bekannt für seine Fähigkeit, traditionelle Gerichte mit einem modernen Twist zu kreieren, und hatte bereits bei ihrer Hochzeit einen bleibenden Eindruck hinterlassen. Die Speisekarte für den Abend war eine sorgfältige Auswahl von Gerichten, die sowohl den Gaumen als auch das Herz erfreuten. Von herzhaften Häppchen bis hin zu exquisiten Hauptgerichten – jedes Element des Menüs war darauf abgestimmt, die festliche Stimmung zu ergänzen und die Gäste auf eine kulinarische Reise mitzunehmen.

Die Dekoration des Albvereinsheims spiegelte Dianes Persönlichkeit und ihre Liebe zum Detail wider. Farbenfrohe Blumenarrangements, elegante Tischdecken und eine warme Beleuchtung schufen eine einladende und festliche Atmosphäre.

Als Diane zum Kuchen anschneiden den Raum betrat, wurde sie mit einem Meer von lächelnden Gesichtern und einem Chor von ,Happy Birthday' begrüßt. Es war ein Moment der Wärme und des Glücks, der die Bedeutung dieses Tages unterstrich. Die Feier war ein lebendiges Fest des Lebens und der Liebe, ein Abend, der von allen Beteiligten noch lange in Erinnerung bleiben würde. Es war ein perfekter Ausdruck von Dianes Lebensfreude und ihrer Fähigkeit, Menschen zusammenzubringen, um die schönen Momente des Lebens zu teilen und zu feiern.

Im Jahr 2015, als die Bundeskanzlerin Angela Merkel den mittlerweile berühmten Satz „Wir schaffen das!" aussprach, stand Deutschland vor einer großen Herausforderung. Innerhalb weniger Monate kamen hunderttausende Migranten nach Deutschland, eine Bewegung, die im folgenden Jahr 2016 weiter anhielt. Diese Menschen flohen vor Konflikten, Krieg und Verfolgung, insbesondere aus Syrien, aber auch aus anderen Ländern wie dem Irak, Afghanistan und Nordafrika. Deutschland reagierte auf diese humanitäre Krise mit einer Politik der offenen Türen, was bedeutete, dass viele dieser Menschen einreisen durften, bevor ihr Asylanspruch geprüft wurde. Diese Entscheidung war Teil einer größeren europäischen Herausforderung und löste eine breite gesellschaftliche Debatte aus, die sich mit Fragen der Integration, Sicherheit und der Zukunft der europäischen Asylpolitik befasste.

Die Ankunft der Migranten in Deutschland war von vielfältigen Reaktionen begleitet. Während einige die Willkommenskultur feierten und sich ehrenamtlich in der Flüchtlingshilfe engagierten, gab es auch Stimmen, die vor den Herausforderungen und Belastungen warnten, die mit der Aufnahme einer so großen Anzahl von Menschen verbunden sind. Die politischen Meinungen dazu waren geteilt. Einige sahen in

Merkels Entscheidung eine moralische Verpflichtung und eine Chance zur Gestaltung einer offenen Gesellschaft, andere kritisierten sie als voreilig und nicht ausreichend abgestimmt mit europäischen Partnern.

Die darauffolgenden Jahre waren geprägt von Anstrengungen, die neu angekommenen Menschen zu integrieren und ihnen zu helfen, ein neues Leben in Deutschland aufzubauen. Gleichzeitig wurden Maßnahmen ergriffen, um die Asylverfahren zu beschleunigen und diejenigen, deren Anträge abgelehnt wurden, zurückzuführen. Die Bundesregierung erhöhte auch ihre Beitragszahlungen an internationale Hilfsprogramme, um die Ursachen der Flucht direkt in den betroffenen Regionen zu bekämpfen.

Die Ereignisse des Jahres 2015 und die darauffolgende Migrationsbewegung haben Deutschland und Europa nachhaltig verändert. Sie haben nicht nur die Diskussion über Migration und Asylpolitik intensiviert, sondern auch die Solidarität und die Herausforderungen einer global vernetzten Welt aufgezeigt. Die langfristigen Auswirkungen dieser Zeit werden noch für Jahre ein wichtiger Teil der politischen und gesellschaftlichen Diskussion in Deutschland bleiben.

Im September 2016 erlebte die Familie Kamerer ein freudiges Ereignis, das ihr Leben bereichern sollte. Nele, das erste Enkelkind von Johannes und Irene, kam zur Welt und brachte eine Welle der Begeisterung mit sich. Als Waldemar und Conny an jenem denkwürdigen Tag bei den Kamerers ankamen, war es Johannes, der voller Vorfreude aus dem Haus sprang. Er kehrte schnell mit einer Babyschale zurück, in der die kleine Nele behutsam lag. Sein Gesicht strahlte vor Stolz und Glück, als er seine Enkelin präsentierte. Nele, mit ihren großen, neugierigen Augen und einem sanften Lächeln, war bereits ein entzückender Anblick für alle, die das Glück hatten, sie zu sehen. Die Nachricht von ihrer Ankunft verbreitete sich schnell, und Freunde sowie Familie kamen zusammmen, um dieses neue Leben zu feiern. Irene, die ebenso strahlte wie Johannes, teilte ihre Freude mit jedem, der zuhörte, und Viktor, der stille Beobachter, schien durch Neles Anwesenheit verjüngt. In Schwaigern, wo die drei gemeinsam lebten, wurde Neles Geburt zu einem Symbol der familiären Einheit und Freude. Die Kamerers, eine Familie, die schon immer eng verbunden war, fanden in Nele einen weiteren Grund, ihre Bindung zu stärken und die kleinen Wunder des Lebens zu schätzen.

3

Im Januar 2017 erlebten Diane und Bernd einen der schönsten Momente ihres Lebens, als ihr Sohn Lennox Thiago zur Welt kam. Die Freude und das Glück, das ein neues Leben in eine Familie bringt, sind unbeschreiblich und wurden noch verstärkt, als die Großeltern Johannes, Irene und Viktor im Krankenhaus in Öhringen eintrafen. Diane, die erschöpft aber überglücklich im Bett lag, hielt den kleinen Lennox liebevoll in ihren Armen. Der Anblick des süßen Neugeborenen erfüllte den Raum mit Wärme und Liebe. Als Johannes und Irene fragten, ob sie Lennox halten dürften, stimmte Diane ohne Zögern zu. Dieser Akt des Teilens und der Zusammengehörigkeit verstärkte die Bindung zwischen den Generationen. Viktor, der ebenfalls anwesend war, beobachtete die Szene mit einem Lächeln, das seine Zuneigung und sein Staunen über das Wunder des Lebens widerspiegelte. Dieser Moment, in dem die Familie zusammenkam, um das neue Mitglied willkommen zu heißen, war ein Zeugnis der bedingungslosen Liebe und des Zusammenhalts, der eine Familie ausmacht. Es war ein Moment, der in den Herzen aller Anwesenden für immer eingraviert bleiben würde. Die Entscheidung für den Namen Lennox Thiago war von Bedeutung und Nachdenken geprägt, ein Name, der sowohl Stärke als auch eine tiefe kulturelle Verbindung symbolisiert. Für Diane und Bernd begann mit der Geburt ihres Sohnes ein neues Kapitel voller Hoffnung, Träume und der Vorfreude auf die gemeinsamen Erlebnisse, die vor ihnen lagen. Die Unterstützung und Liebe ihrer Familie würde Lennox auf seinem Lebensweg begleiten und ihm die Kraft geben, zu wachsen und zu gedeihen. Dieser Tag im Januar war ein leuchtendes Beispiel dafür, wie das Geschenk eines Kindes das Leben aller berührt und verändert, die es umgeben.

Im Jahr 2017 verlor die Welt einen geliebten Menschen namens Johannes, der nach einem mutigen Kampf gegen den Krebs verstarb. Sein Verlust hinterließ eine tiefe Lücke im Herzen seiner Enkelkinder, Nele und Lennox, die eine besondere Bindung zu ihrem Großvater hatten. Sie erinnerten sich an die vielen glücklichen Momente, die sie mit ihm geteilt hatten, an die Geschichten, die er ihnen erzählte, und an die Weisheiten, die er ihnen mit auf den Weg gab. Johannes war mehr als nur ein Großvater; er war ein Mentor, ein Freund und ein Vorbild. Seine Lebensgeschichte und die Erinnerungen an die gemeinsame Zeit werden von Nele und Lennox in Ehren gehalten, als ein Vermächtnis der Liebe und der Stärke, das sie immer begleiten wird.

In der malerischen Stadt Weinsberg fanden Diane, Bernd und Lennox ein charmantes Haus zur Miete, das von großzügigen Rasenflächen umgeben war. Diese grünen Oasen, sowohl im Vorder- als auch im Hinterhof, boten einen perfekten Spielplatz für die Familie. Die Kinderfreundlichkeit des Hauses wurde durch die Errichtung einer Schaukel, die fröhliches Lachen in die Luft zauberte, noch verstärkt. Als Krönung des kindlichen Abenteuers wurde ein auf Stelzen stehendes Häuschen errichtet, das wie ein Wachturm über das Königreich der Kindheit wachte. Dieses Häuschen wurde schnell zum Mittelpunkt der Fantasie und

Spiele, ein Ort, an dem Geschichten lebendig wurden und Kinderträume in den Himmel wuchsen. Die Familie schätzte die friedliche Atmosphäre, die das Haus und seine Umgebung ausstrahlten, und die Möglichkeit, dass ihr Kind in einer sicheren und anregenden Umgebung aufwachsen konnte. Die weitläufigen Rasenflächen waren nicht nur ein Anblick für die Augen, sondern auch ein Raum für Entspannung und Familienaktivitäten. An sonnigen Tagen war die Luft erfüllt von der Süße gegrillter Leckereien und dem Klang von Gitarrenmusik. Wenn der Abend hereinbrach, wurden die Rasenflächen zu einem Schauplatz für Sternenbeobachtungen, wobei jeder Stern am Himmel eine neue Geschichte zu erzählen schien. Das Haus in Weinsberg wurde zu einem wahren Zuhause, einem Ort, der nicht nur Schutz bot, sondern auch die Bühne für die Entfaltung des Familienlebens war.

Seit 2018 hat die Familie Waltrich den Heiligen Abend zu einem besonderen Ereignis gemacht, das Generationen zusammenbringt. Diane, Bernd und ihr Sohn Lennox freuten sich jedes Jahr darauf, diesen Abend mit Bernds Eltern und Großeltern zu verbringen. Es war eine Zeit der

Wärme und des Lachens, eine Gelegenheit, bei der die Familie zusammenkam, um Traditionen zu ehren und neue Erinnerungen zu schaffen. Irene und Viktor waren ebenfalls ein fester Bestandteil dieser festlichen Zusammenkünfte. Die Kirche, ein zentraler Treffpunkt für die Gemeinschaft, war an Heiligabend immer bis zum letzten Platz gefüllt. Die festliche Atmosphäre, die von Kerzenlicht und Weihnachtsliedern geprägt war, verlieh der Messe eine besondere Bedeutung. Nach dem Gottesdienst kehrte die Familie Waltrich nach Hause zurück, wo der Weihnachtsmann auftrat, um die Augen von Jung und Alt zum Leuchten zu bringen. Dieser Besuch war der Höhepunkt des Abends, besonders für die jüngeren Familienmitglieder, die mit Spannung auf die Geschenke warteten. Die Tradition, den Heiligen Abend gemeinsam zu feiern, stärkte die Bindungen innerhalb der Familie Waltrich und Kamerer und schuf ein Gefühl der Zugehörigkeit und Freude, das weit über die Feiertage hinaus anhielt.

Weitere Geburten und andere Katastrophen

1

Im Oktober 2019, in Heilbronn-Ost, begrüßte die Welt Tilo Henry, das neugeborene Kind von Conny und Waldemar. Es war eine Zeit der Freude und des neuen Anfangs, als die Blätter in warmen Herbstfarben zu Boden fielen und die Natur sich auf den Winter vorbereitete. Tilo kam in eine Welt, die erfüllt war von Liebe und Erwartungen, und obwohl Johannes, ein geliebtes Familienmitglied, diesen besonderen Moment nicht miterleben konnte, lebte sein Geist in den Erzählungen fort, die Tilo hören würde, während er aufwuchs. Johannes, der als außergewöhnlicher Mensch in Erinnerung blieb, hatte einen unauslöschlichen Eindruck hinterlassen, und seine Geschichten wurden zu einem festen Bestandteil der Leben der Enkelkinder, wobei jede Erzählung ein Mosaiksteinchen in dem Bild war, das Tilo von ihm formen würde. So wurde Tilo in eine Welt eingeführt, die reich an Geschichte und Charakter war, und er lernte, dass das Vermächtnis eines Menschen weit über seine physische Präsenz hinausreicht.

Im Jahr 2020 wurde die Welt von der COVID-19-Pandemie erfasst, einem beispiellosen globalen Gesundheitsnotfall, der durch das neuartige Coronavirus SARS-CoV-2 verursacht wurde. Die ersten Fälle wurden Ende 2019 in der Stadt Wuhan, China, gemeldet, und das Virus breitete sich schnell auf der ganzen Welt aus, was zu einer Pandemie führte, die von der Weltgesundheitsorganisation im März 2020 offiziell erklärt wurde. In Deutschland, einschließlich des Kreises Heilbronn in Baden-Württemberg, wurden die ersten COVID-19-Fälle Anfang 2020 registriert, und die Infektionszahlen stiegen rasch an. Die Regierung reagierte mit einer Reihe von Maßnahmen, darunter Lockdowns, Kontaktbeschränkungen und die Schließung von Schulen und Geschäften, um die Ausbreitung des Virus zu verlangsamen.

Die Auswirkungen der Pandemie waren weitreichend und betrafen alle Aspekte des täglichen Lebens. Das Gesundheitssystem stand unter enormem Druck, da Krankenhäuser und medizinisches Personal mit einer wachsenden Zahl von Patienten konfrontiert waren. Die Wirtschaft wurde durch die Pandemie stark beeinträchtigt, viele Unternehmen mussten schließen oder ihre Tätigkeit einschränken, was zu Arbeitslosigkeit und wirtschaftlichen Schwierigkeiten für viele Menschen führte. Die Gesellschaft musste sich an neue Formen des Zusammenlebens und Arbeitens anpassen, wobei Homeoffice und digitale Kommunikation zur neuen Norm wurden.

Im Kreis Heilbronn, wie auch in anderen Teilen Deutschlands, spielten die lokalen Gesundheitsämter eine entscheidende Rolle bei der Bewältigung der Krise. Sie verfolgten Kontakte und koordinierten die lokalen Reaktionen auf die Pandemie. Die SLK-Kliniken in Heilbronn passten ihre Besucherregeln an und empfahlen das Tragen von Masken, um sowohl Patienten als auch Personal zu schützen. Trotz der Herausforderungen zeigte die Gemeinschaft im Kreis Heilbronn und darüber hinaus eine bemerkenswerte Resilienz und Solidarität. Menschen halfen einander, und viele Freiwillige engagierten sich, um Unterstützung für diejenigen zu leisten, die am stärksten von der Pandemie betroffen waren.

Die Pandemie hat auch wichtige Lehren für die Zukunft hinterlassen. Sie hat die Bedeutung einer starken öffentlichen Gesundheitsinfrastruktur, die Notwendigkeit globaler Zusammenarbeit bei Gesundheitskrisen und die Wichtigkeit von Wissenschaft und Forschung hervorgehoben. Während die Welt weiterhin mit den Auswirkungen der Pandemie und ihren langfristigen Folgen kämpft, bleibt die Hoffnung, dass die Erfahrungen aus dieser Zeit dazu beitragen werden, besser auf zukünftige Herausforderungen vorbereitet zu sein.

Im Jahr 2021, in der malerischen Stadt Heilbronn, erlebten Diane und Bernd einen der wundervollsten Momente ihres Lebens, als ihre Tochter Kalea Loreen im Krankenhaus Gesundbrunnen das Licht der Welt erblickte. Es war ein Tag, der von Freude und Hoffnung erfüllt war, als das Neugeborene sanft in die Arme ihrer Mutter gelegt wurde. Von diesem ersten Augenblick an entwickelte sich eine tiefe und unzertrennliche Bindung zwischen Kalea und ihrer Großmutter Irene, eine Bindung, die so natürlich und stark war, wie sie nur sein konnte. Diese besondere Verbindung spiegelte die bereits bestehende zwischen Lennox und

Viktor wider, einem Duo, das bereits eine eigene Geschichte gemeinsamer Freude und Spiel hatte. Lennox, der mit seiner Mutter zu Besuch kam, fand in Viktor einen Spielkameraden, mit dem er stundenlang in eine Welt der Fantasie und des Abenteuers eintauchen konnte. Diese Geschichten von Bindung und Freude innerhalb der Familie sind ein Zeugnis der starken familiären Bande, die durch Liebe, Fürsorge und gemeinsame Erlebnisse genährt werden. Sie erinnern uns daran, dass jede neue Geburt nicht nur ein einzelnes Leben berührt, sondern das gesamte Gefüge einer Familie, das durch solche kostbaren Momente gestärkt und bereichert wird. Kalea Loreens Ankunft war ein solcher Moment, ein neues Kapitel in der Familiengeschichte, das mit Zuneigung und Zusammenhalt geschrieben wurde.

Das Jahr 2021 war in Deutschland ein Jahr bedeutender Veränderungen und Herausforderungen. Die anhaltende Corona-Pandemie prägte das öffentliche Leben mit weiteren Einschränkungen und einer umfassenden Impfkampagne, die schließlich zu einer beachtlichen Impfquote führte. Politisch markierte das Jahr das Ende der 16-jährigen

Kanzlerschaft von Angela Merkel, die nicht mehr zur Bundestagswahl antrat, und den Beginn einer neuen Ära unter Bundeskanzler Olaf Scholz mit der ersten Ampelkoalition auf Bundesebene. Die Bundestagswahl 2021 führte zu einem historischen Tief für die Unionsparteien, während die SPD, die Grünen und die FDP eine Regierung bildeten. Die deutsche Politik war auch von wichtigen Gerichtsentscheidungen geprägt, wie dem Scheitern des Berliner Mietendeckels und der Feststellung, dass die Klimaschutzziele der Bundesregierung unzureichend waren. Trotz der Pandemie konnten Sportereignisse wie die Fußball-EM und die Olympischen Spiele in Tokio stattfinden, die ein Zeichen der Hoffnung und des internationalen Zusammenhalts setzten. Das Jahr 2021 war auch von Naturkatastrophen betroffen, insbesondere von dem verheerenden Hochwasser, das durch das Tiefdruckgebiet Bernd ausgelöst wurde und als schwerste Naturkatastrophe in Deutschland seit der Sturmflut 1962 gilt. Im internationalen Kontext war das Jahr von Ereignissen wie dem Brexit und dem Rückzug der internationalen Truppen aus Afghanistan geprägt, was zu dramatischen Szenen führte und die Taliban wieder an die

Macht brachte. Insgesamt war 2021 ein Jahr, das sowohl durch Krisen als auch durch Neuanfänge definiert wurde und dessen Ereignisse noch lange nachwirken werden.

Weihnachten 2021 war ein besonderes Fest für Irene und Viktor in Schwaigern, umgeben von Familie und Freude. Diane, Bernd, Lennox und Kalea hatten sich auf den Weg gemacht, um gemeinsam das Fest der Liebe zu feiern. In dem warmen, festlich geschmückten Heim, erfüllt von dem Duft gebackener Plätzchen und frisch geschnittener Tannenzweige, fand ein liebevolles Beisammensein statt. Unter dem funkelnden Licht des Weihnachtsbaumes wurden Geschichten erzählt, Lieder gesungen und Geschenke mit strahlenden Augen ausgepackt. Es war ein Abend, der die Herzen näher zusammenbrachte und die Hoffnung und den Geist der Weihnacht in jedem Einzelnen weckte. Ein Abend, der in Erinnerung bleibt und die Bedeutung von Familie und Zusammenhalt betont.

Der Konflikt in der Ukraine, der Anfang 2022 eskalierte, markiert einen der gravierendsten geopolitischen Ereignisse des frühen 21.

Jahrhunderts. Am 24. Februar 2022 begann mit dem russischen Überfall auf die Ukraine ein neues Kapitel in der Geschichte der post-sowjetischen Staaten. Dieser Angriff wurde vom russischen Präsidenten Wladimir Putin befohlen und zielte zunächst auf das gesamte Staatsgebiet der Ukraine ab, was den seit 2014 schwelenden Russisch-Ukrainischen Krieg intensivierte. Die Invasion führte zu einer sofortigen und weitreichenden internationalen Verurteilung Russlands und löste eine Kette von Ereignissen aus, die die globale politische Landschaft nachhaltig veränderten. Die Europäische Union, die NATO und viele andere Länder reagierten mit umfangreichen Sanktionen gegen Russland und lieferten humanitäre Hilfe sowie Verteidigungsausrüstung an die Ukraine.

Die militärische Auseinandersetzung hatte dramatische humanitäre Folgen. Nach Angaben des UNHCR wurden seit Kriegsausbruch bis 2024 etwa 6,5 Millionen Flüchtlinge aus der Ukraine registriert, und rund 3,7 Millionen Menschen waren Ende 2023 innerhalb des Landes auf der Flucht. Die genauen Opferzahlen waren unbekannt, aber es wurde berichtet, dass durch den Krieg mehr als 10.000 Zivilpersonen starben und mehr als 1,4 Millionen Menschen in der Ostukraine keinen Zugang zu fließendem Wasser hatten.

Die strategischen und politischen Auswirkungen des Krieges waren weitreichend. Sie haben nicht nur die Beziehungen zwischen Russland und dem Westen grundlegend verändert, sondern auch die Sicherheitsarchitektur Europas und die globalen Energie- und Lebensmittelmärkte beeinflusst. Die Ukraine hatte sich trotz der Übermacht und der anhaltenden Angriffe Russlands als bemerkenswert widerstandsfähig erwiesen und wurde weiterhin von einer breiten internationalen Koalition unterstützt. Der Krieg hatte auch eine Welle der Solidarität und des Engagements für demokratische Werte und Menschenrechte weltweit ausgelöst.

Während die Situation weiterhin fließend war und die langfristigen Folgen noch nicht vollständig absehbar waren, blieb die Hoffnung auf eine friedliche Lösung bestehen. Die internationale Gemeinschaft blieb aufgerufen, sich für die Wiederherstellung der territorialen Integrität der Ukraine und für eine gerechte und dauerhafte Friedenslösung einzusetzen.

In einer kleinen Stadt, umgeben von sanften Hügeln und leuchtenden Feldern, bereitete sich eine Familie auf ein freudiges Ereignis vor – die Taufe der kleinen Kalea Loreen. Diane, die Mutter des Kindes, hatte alles bis ins kleinste Detail geplant. Der Garten hinter dem Haus, den sie mit ihrem Mann Bernd und ihren Kindern teilte, war in ein Meer aus Blumen und sanftem Licht verwandelt worden. Doch als die Nachricht kam, dass Irene, Dianes Mutter, sich einer dringenden Operation unterziehen musste, stand die Welt für einen Moment still.

Diane, deren Herz so groß war wie ihr Sinn für Gemeinschaft, zögerte keine Sekunde. Sie wusste, dass die Taufe ohne Irene unvollständig wäre, denn sie war mehr als nur eine Mutter; sie war eine Freundin, ein Stück ihres Herzens. So traf Diane die selbstlose Entscheidung, die Taufe zu verschieben, bis Irene wieder bei Kräften war. Es war eine Entscheidung, die von tiefer Verbundenheit und Loyalität zeugte, eine Entscheidung, die zeigte, wie sehr sie die Anwesenheit jedes Einzelnen schätzte.

Die Wochen vergingen, und mit jedem Tag wuchs die Vorfreude, aber auch die Sorge um Irene. Als der Tag kam, an dem Irene aus dem Krankenhaus entlassen wurde, war es, als würde die Sonne ein wenig heller scheinen. Die Vorbereitungen wurden wieder aufgenommen, und der Garten erstrahlte erneut in prächtigem Glanz, bereit, die Gäste zu empfangen.

Die Taufe selbst war ein Spiegelbild der Liebe und Fürsorge, die Diane in die Planung gesteckt hatte. Jeder Winkel des Gartens erzählte eine Geschichte, jede Blume war ein Zeichen der Hoffnung. Als Irene mit leuchtenden Augen und einem warmen Lächeln eintraf, wussten alle, dass das Warten sich gelohnt hatte. Die Zeremonie war bewegend und herzlich, und als Kalea getauft wurde, war es, als würde die ganze Gemeinschaft in einem einzigen Moment der Freude und des Dankes zusammenkommen.

Die Feier danach war ebenso prachtvoll wie das Herz der Gastgeberin. Musik erfüllte die Luft, Lachen durchdrang die Gespräche, und die Freude war so greifbar, als könnte man sie berühren. Diane und Bernd, umgeben von der Familie, feierten nicht nur die Taufe ihrer Tochter, sondern auch die unerschütterliche Kraft der Gemeinschaft und die unendliche Tiefe der Freundschaft.

So wurde der Tag, an dem Kalea getauft wurde, zu einem Tag, der in den Herzen aller verewigt war. Es war ein Tag, der zeigte, dass manchmal das Warten auf einen geliebten Menschen das schönste Geschenk ist, das man geben kann. Und in diesem Garten, unter dem weiten Himmel, wurde die Geschichte von Dianes Liebe und Irenes Stärke zu einer Legende, die noch lange erzählt werden würde.

2

Heiligabend 2022, ein Fest der Familie und der Freude, könnte als eine Zeit der Zusammenkunft und des herzlichen Beisammenseins in Erinnerung bleiben. Waldemar und seine Familie, sowie Diane mit ihrer Familie, kamen zusammen, um diesen besonderen Abend zu feiern. Trotz der kühlen Wintertemperatur war die Atmosphäre im Haus warm und einladend. Irene, obwohl krank und im Bett liegend, wurde von jedem Gast mit Liebe und Fürsorge begrüßt, was die Bedeutung der familiären Unterstützung und des Zusammenhalts unterstreicht. Der

Weihnachtsmann, eine Figur, die bei Kindern für Aufregung und Freude sorgt, machte seinen traditionellen Besuch. Mit einem schelmischen Funkeln in den Augen stellte er die klassische Frage, ob die Kinder denn auch brav gewesen seien. In einem Moment kindlicher Unbekümmertheit und voll Mutes griff Kalea Loreen nach dem Bart des Weihnachtsmannes, was zu einer unerwarteten Überraschung führte. Dieser kleine Vorfall brachte sicherlich ein Lächeln auf die Gesichter der Anwesenden und fügte dem Abend eine Prise Humor hinzu. Solche Momente sind es, die die Feiertage unvergesslich machen und Geschichten hervorbringen, die noch Jahre später erzählt werden. Sie erinnern uns daran, dass trotz der Unvorhersehbarkeiten des Lebens, die Freude und das Lachen immer einen Weg finden, unsere Herzen zu erwärmen.

Im März 2023 wurde die Familie von einer tragischen Nachricht erschüttert: Irene, geliebte Mutter und Großmutter, starb am Glioblastom der vierten Stufe. Dieser aggressive Gehirntumor hinterließ eine tiefe Trauer unter den Angehörigen, besonders bei den Enkelkindern, die eine Quelle der Freude und des Lichts in ihrem Leben verloren hatten. Diane, die in Irene nicht nur eine Mutterfigur, sondern auch eine enge Vertraute sah, fühlte eine unbeschreibliche Leere. In dieser schweren Zeit zeigte sich die Stärke der menschlichen Verbindung, als Dianes Freundin Constanze ohne zu zögern einsprang, um Unterstützung und Trost zu bieten. Constanze bewies, dass Freundschaft ein unschätzbares Gut ist, das in den dunkelsten Stunden Licht bringen kann. Die Erinnerung an Irene lebt in den Herzen ihrer Familie weiter, und ihre Lebensgeschichte bleibt eine Inspiration für alle, die sie kannten. Ihr Vermächtnis ist ein Zeugnis der Liebe und der Stärke, die sie ihrer Familie gab, und wird durch die Geschichten, die über sie erzählt werden, weiterleben.

In einer kleinen Stadt, nicht weit von Weinsberg entfernt, stand ein altes, aber liebevoll gepflegtes Haus. Es gehörte Diane, Waldemar und Viktor, drei Geschwistern, die dort ihre Kindheit verbracht hatten. Als die Zeit kam, entschieden sie sich schweren Herzens, das elterliche Heim zu verkaufen. Der Verkauf war ein emotionaler Prozess, denn jedes Zimmer erzählte eine Geschichte aus ihrer Vergangenheit. Nach wenigen Besichtigungen und Verhandlungen fanden sie schließlich einen Käufer, der das Haus und seine Geschichte zu schätzen wusste.

Viktor, der älteste der drei, sehnte sich nach einem Neuanfang. Er entschied sich, nach Weinsberg zu ziehen, einer Stadt, die für ihre Weinberge und historischen Sehenswürdigkeiten bekannt ist. Dort mietete er eine kleine Wohnung, die zwar nicht den Charme des elterlichen Hauses hatte, aber ihm die Möglichkeit bot, sein eigenes Leben unabhängig zu gestalten.

Die Umstellung von einem Haus mit Garten auf eine kleine Mietwohnung war für Viktor nicht einfach, aber er genoss die Freiheit und die neuen Erfahrungen, die Weinsberg mit sich brachte. Er erkundete die Gegend und fand bald Gefallen an der lebendigen Gemeinschaft und den kulturellen Angeboten von Weinsberg.

Diane und Waldemar besuchten ihn und waren erstaunt, wie schnell sich Viktor in der neuen Umgebung eingelebt hatte. Sie sahen, wie er aufblühte und neue Interessen entwickelte, während er gleichzeitig die Erinnerungen an das gemeinsame Zuhause in Ehren hielt.

Die Geschichte von Diane, Waldemar und Viktor ist ein Beispiel dafür, wie Veränderungen im Leben neue Türen öffnen können. Sie zeigt, dass der Abschied von der Vergangenheit nicht das Ende, sondern der Beginn eines neuen Kapitels sein kann. Und so, während das elterliche Haus in den Händen neuer Besitzer weiterlebte, begannen die Geschwister ihre eigenen Wege zu gehen, bereichert durch die Erinnerungen und Erfahrungen, die sie dort gesammelt hatten.

2024

1

Viktor, ein entschlossener Wohnungssuchender, fand sein Glück in Weinsberg, einer charmanten Stadt mit historischem Flair. Trotz der hohen Immobilienpreise, die in dieser begehrten Lage üblich sind, gelang es ihm, eine 3-Zimmerwohnung zu erwerben, die seinen Bedürfnissen entsprach. Seine Suche war erstaunlich kurz, was auf eine Kombination aus gutem Timing und vielleicht auch ein wenig Glück hindeutet. Im April, als die ersten Frühlingsblüten die Luft erfüllten, zog Viktor in sein neues Zuhause ein, bereit, ein neues Kapitel in seinem Leben zu beginnen. Das Angebot, das er unterbreitete, spiegelte seine Entschlossenheit wider, und es war ein Angebot, das sowohl für ihn als auch für den Verkäufer zufriedenstellend war. Es war ein sorgfältig ausgehandelter Deal, der zeigte, dass Viktor nicht nur eine Wohnung suchte, sondern einen Ort, den er sein Eigen nennen konnte. Ein Ort, der nicht nur aus Wänden und einem Dach bestand, sondern aus Möglichkeiten und Träumen, die sich innerhalb dieser Räume entfalten könnten.

Dianes 40. Geburtstag war ein Ereignis, das von herzlicher Zusammenarbeit und Vorfreude geprägt war. An diesem großen Tag kamen Constanze und Martin, Diane und Bernd, sowie Jennifer – Bernds Cousine – und Viktor zusammen, um eine unvergessliche Feier zu organisieren. Jeder brachte seine einzigartigen Fähigkeiten und Ideen ein, um den Tag besonders zu machen. Constanze war mit der Dekoration beschäftigt. Martin kümmerte sich um die Beleuchtung, die den Garten in ein magisches Licht tauchen sollte.

Diane und Bernd, das Herz und die Seele der Gruppe, wählten ein Thema aus, das Dianes Persönlichkeit und Interessen widerspiegelte. Sie entschieden sich für ein Gartenfest mit einem Hauch von Eleganz, umgeben von Blumen und Lichterketten, die eine warme und einladende Atmosphäre schufen. Jennifer, die kreative Kraft, entwarf Dekorationselemente, die sie mit Viktor akribisch vorbereitete.

Kurz vor der Feier war die Aufregung greifbar. Denn es regnete und sie mussten in den Saal umziehen. Als die Gäste eintrafen, wurden sie von einem Meer aus Blumen und einem

Orchester sanfter Musik begrüßt. Diane, strahlend und überwältigt von der Liebe und Mühe, die in die Vorbereitungen geflossen waren, begrüßte jeden Gast mit einer herzlichen Umarmung. Die Feier war ein voller Erfolg, ein Abend voller Freude, Tanz und unvergesslicher Momente, die durch die harte Arbeit und Hingabe ihrer Freunde und Familie ermöglicht wurden. Es war ein Fest, das die Bedeutung von Gemeinschaft und Freundschaft feierte und Dianes neuen Lebensabschnitt mit Schönheit und Stil einläutete.

Dianes Geburtstagsfeier war ein unvergessliches Ereignis, das durch eine einzigartige Überraschung noch spezieller wurde: Ein Food Truck, der direkt vor der Tür des Festsaals parkte. Dieser Food Truck war nicht nur eine visuelle Attraktion, sondern bot auch eine kulinarische Reise mit einer Vielfalt an Flammkuchen, die die Gäste begeisterte. Mit jeder neuen Geschmacksrichtung, von klassisch bis exotisch, wurde die Neugier und Freude der Gäste geweckt. Die knusprigen Ränder, der duftende Belag und die liebevolle Zubereitung jedes einzelnen Flammkuchens sorgten für ein Geschmackserlebnis, das den Abend zu einem

Highlight machte. Die Idee, einen Food Truck zu engagieren, war ein Geniestreich, der Dianes Geburtstag zu einem unvergesslichen Fest machte, an das sich die Gäste noch lange erinnern werden.

Im Juli 2024 feierte Bernd, Dianes Ehemann, seinen Geburtstag mit einem besonderen Abendessen. Er entschied sich, diesen Anlass mit seinen engsten Freunden und Bekannten in einem mexikanischen Restaurant in Heilbronn zu begehen. Zu den Gästen zählten Alwine und Andi, ein Paar, das für ihre lebensfrohe Art bekannt ist, sowie Herr Püschel mit seiner Frau Sina, die beide für ihre tiefgründigen Gespräche und ihren feinen Humor geschätzt werden. Auch Viktor war unter den Eingeladenen. Das Restaurant, bekannt für seine authentische Küche und lebendige Atmosphäre, bot den perfekten Rahmen für die Feierlichkeiten. Die Gruppe genoss eine Auswahl an traditionellen mexikanischen Gerichten. Zwischendurch wurden Anekdoten ausgetauscht, Erinnerungen aufgefrischt und Pläne für die Zukunft geschmiedet. An einem Höhepunkt des Abends brachte das Personal Bernd einen Cocktail worin eine Flasche Bier nach unten hing und das Bier langsam in den Cocktail lief. Der Abend war erfüllt von Lachen, gutem Essen und der Wärme enger Freundschaften, die sich über Jahre hinweg gefestigt hatten.

Nach einem köstlichen mexikanischen Essen beschlossen Diane und Bernd, zusammen mit Herrn Püschel, seiner Frau und Viktor, den Abend in einem Club außerhalb der Stadt fortzusetzen. Es war eine Weile her, seit sie das letzte Mal das pulsierende Nachtleben genossen hatten. Der Club, versteckt in einer ruhigen Ecke, war eine Welt für sich, mit lebhafter Musik und einer Atmosphäre, die trotz der vorwiegend jüngeren Menge einladend war. Die Gruppe fühlte sich zunächst etwas fehl am Platz, aber als die Musik ihre Füße erreichte, verschmolzen die Jahre und sie fanden sich im Rhythmus wieder. Die Lichter flackerten im Takt der Musik.

Die Nacht war ein unerwartetes Abenteuer, eine Pause vom Alltag, die zeigte, dass Freude und Jugend keine Frage des Alters, sondern des Herzens sind. Als die Gruppe schließlich den Club verließ, war auch die Erkenntnis, dass das Leben Momente wie diese braucht – Momente, in denen man sich erlaubt, loszulassen und einfach zu leben.

Es war ein Geburtstag, der sicherlich allen Beteiligten noch lange in Erinnerung bleiben wird.

Das alljährliche Haigern-Fest in Talheim ist ein Ereignis, das die Gemeinschaft zusammenbringt und für unvergessliche Momente sorgt. Diane und Bernd, Udo und Melanie, Uwe und Julia sowie Viktor erlebten einen solchen Abend, der von Gemeinschaftsgeist und Freude geprägt war. Während sie durch die Menge schlenderten, umgaben sie die Klänge verschiedener Bands, die eine lebendige Atmosphäre schufen. Als Höhepunkt des Abends trat die beliebte Band „Revolverheld" auf, deren Musik die Menge begeisterte und für einen energiegeladenen Abschluss sorgte. Nach einem Abend voller Musik und Lachen entschied sich die Gruppe, die Nacht mit einem Besuch bei Burger King in Heilbronn ausklingen zu lassen. Dieser spontane Ausflug bot die perfekte Gelegenheit, den Abend in einer lockeren Atmosphäre Revue passieren zu lassen. Schließlich machten sich die Rebholz auf den Weg zurück nach Frankenthal, während Diane, Bernd und Viktor die Heimreise nach Weinsberg antraten. Diese Nacht wird sicherlich als eine der vielen schönen Erinnerungen an das Haigern-Fest in ihren Gedanken bleiben.

Diane und Bernd, ein abenteuerlustiges Paar mit ihren zwei lebhaften Kindern Lennox und Kalea, hatten einen gut durchdachten Plan für ihren Urlaub nach Sardinien. Ihre Reise begann früh am Morgen, als die ersten Sonnenstrahlen den Himmel erleuchteten und die Welt in ein warmes Licht tauchten. Mit vollgepacktem Auto und einer Mischung aus Aufregung und Vorfreude im Herzen verließen sie ihr Zuhause und machten sich auf den Weg. Ihre Route führte sie durch die malerischen Landschaften der Schweiz, wo die majestätischen Alpen sich im Hintergrund erhoben und die klaren Seen wie Spiegel glänzten. In Italien angekommen, fanden sie Zuflucht in einer gemütlichen Pension, die mit ihrer Gastfreundschaft und ihrem Charme beeindruckte. Nach einer erholsamen Nacht setzten sie ihre Reise fort und erreichten Genua, eine Stadt, die mit ihrer reichen Geschichte und Kultur lockt. Dort bestiegen sie das Schiff, das sie nach Sardinien bringen sollte, ein majestätisches Gefährt, das bereit war, die offenen Gewässer zu durchqueren. Als das Schiff ablegte und die

Küste langsam am Horizont verschwand, standen Diane, Bernd und die Kinder an Deck und beobachteten, wie der Himmel sich in ein Kaleidoskop aus Farben verwandelte, während die Sonne unterging. Die Überfahrt war ruhig, und die Kinder waren fasziniert von der Weite des Meeres und der Freiheit, die es symbolisierte. Schließlich erreichten sie Sardinien, eine Insel, die für ihre atemberaubende Naturschönheit, ihre weißen Sandstrände und das kristallklare Wasser des Mittelmeers bekannt ist. Dort angekommen, fühlten sie sich sofort von der warmen Brise und dem Duft des Meeres begrüßt. Ihr gut geplanter Urlaub war nun Wirklichkeit geworden, und sie waren bereit, die Geheimnisse und Wunder Sardiniens zu entdecken.

2

Im Jahr 2024 hat sich die Situation um das Coronavirus in Deutschland deutlich gewandelt. Die neuen Varianten KP.2 und KP.3, die aus dem Omikron-Stamm hervorgegangen sind, dominieren das Infektionsgeschehen, doch sie führen überwiegend zu milderen Krankheitsverläufen. Dies ist vor allem auf die charakteristischen Mutationen zurückzuführen, die eine schnellere Ausbreitung bei gleichzeitig geringerer Symptomatik ermöglichen. Die breite Grundimmunität in der Bevölkerung, aufgebaut durch Impfungen und vorangegangene Infektionen, trägt ebenfalls dazu bei, dass schwere Verläufe seltener geworden sind. Trotz einer für die Jahreszeit ungewöhnlich hohen Virenaktivität und leicht steigenden Infektionszahlen bleiben die Hospitalisierungs- und Sterberaten niedrig. Die Anpassung der Impfstoffe und die Verfügbarkeit von Auffrischungsimpfungen für bestimmte Bevölkerungsgruppen haben die Resilienz gegenüber dem Virus verstärkt. Antigentests behalten ihre Gültigkeit und die Teststrategien sind weiterhin effektiv. Insgesamt zeigt sich, dass das Virus zwar präsent bleibt, aber die gesellschaftliche und gesundheitliche Bedrohung im Vergleich zu den Vorjahren abgenommen hat. Die Menschen haben gelernt, mit dem Virus zu leben, und die Aufmerksamkeit richtet sich zunehmend auf andere Herausforderungen und Entwicklungen. Die Pandemie, die einst das globale Geschehen dominierte, ist nun ein Teil des Alltags geworden, der kontrollierbar und handhabbar erscheint.

Viktor schlendert durch die belebten Gassen des Erlenbacher Weinfests, umgeben von der ausgelassenen Stimmung und den Klängen volkstümlicher Musik. Während er sich durch die Menschenmenge bewegt, genießt er die vielfältigen Aromen regionaler Weine, die in der Luft liegen. In diesem Jahr freut er sich auf dieses Fest, das nicht nur für seine exquisiten Weine, sondern auch für seine herzliche Gemeinschaft bekannt ist.

In der Zwischenzeit genießen die Waltrichs die Sonne Sardiniens, weit weg vom Trubel des Festes. Sie entspannen an den weißen Sandstränden, umgeben von der atemberaubenden Kulisse des azurblauen Meeres. Ihre Tage verbringen sie mit dem Erkunden versteckter Buchten, dem Genuss der italienischen Küche und dem Eintauchen in die reiche Kultur der Insel. Der Kontrast zwischen Viktors lebhafter Feststimmung und der ruhigen Gelassenheit der Waltrichs auf Sardinien könnte nicht größer sein. Doch beide erleben auf ihre

Weise eine bereichernde Auszeit vom Alltag, die ihnen noch lange in Erinnerung bleiben wird.

Viktor war begierig darauf, seine Wohnung seiner Familie zu zeigen. Er beschloss, zwei kleine Einweihungsfeste zu veranstalten und lud Seine Tante Valentine mit Onkel Robert und Tante Valentina mit ihrem Gefährten Thomas ein. An einem anderen Termin lud er seine Cousine Swetlana mit ihrem Ehemann Helmut sowie seine Tante Maria mit ihrem Ehemann Eugen ein. Um die Atmosphäre gemütlich und einladend zu gestalten, kochte Viktor Spareribs beziehungsweise ein herzhaftes Chili con Carne, welches er liebevoll mit frischen Zutaten und einer geheimen Gewürzmischung zubereitete. Als süßen Abschluss gab es eine Auswahl an Kuchen und Süßstückchen, die Viktor sorgfältig aus der lokalen Bäckerei ausgesucht hatte.

Als die Gäste eintrafen, führte Viktor sie stolz durch die verschiedenen Räume seiner Wohnung, wobei er besonderen Wert auf die kleinen Details legte, die den Charme des Ortes ausmachten. Alle waren beeindruckt von der modernen Küche und dem geräumigen Wohnzimmer mit Essecke, die Balkone und die

Aussicht darauf. Nach der Führung setzten sich alle zusammen und das Gespräch begann lebhaft zu fließen.

Viktor, der normalerweise eher zurückhaltend war, fand sich in der Rolle des Gastgebers wieder und nahm aktiv an den Gesprächen teil. Die Unterhaltungen drehten sich um verschiedene Themen, von Erinnerungen aus der Kindheit bis hin zu Plänen für die Zukunft. Es wurde viel gelacht, Anekdoten wurden ausgetauscht und die familiären Bindungen gestärkt. Das Essen erwies sich als großer Erfolg; die Spareribs und das Chili con Carne waren genau richtig gewürzt und der Kuchen schmolz förmlich auf der Zunge.

Als der Mittag fortschritt, vertieften sich die Gespräche und es wurden auch ernstere Themen angesprochen. Viktor schätzte diese Momente der Offenheit und des Austauschs, da sie zeigten, wie sehr er sich auf seine Familie verlassen konnte. Als die Zeit kam, sich zu verabschieden, waren sich alle einig, dass es ein wunderbarer Mittag war. Viktor fühlte sich in seiner neuen Wohnung nun wirklich zu Hause, umgeben von den Menschen, die ihm wichtig waren. Es war ein gelungener Einstand in ein neues Kapitel seines Lebens.

Nachdem Viktor seinen Bruder Waldemar und dessen Familie in die neue Wohnung eingeladen hatte, verbrachten sie eine gemütliche Zeit bei Kaffee und Kuchen. Die Stimmung war fröhlich, und die Gespräche drehten sich um Erinnerungen und Zukunftspläne. Als der Kaffee leer und der Kuchen nur noch Krümel waren, beschlossen die Kinder, ihr kleines Abenteuer zu beginnen. Sie zogen ihre Schuhe an und machten sich auf den Weg zur Weibertreu. Die Erwachsenen folgten ihnen bald, lachend und plaudernd, während sie den Pfad hinaufgingen. Oben angekommen, genossen sie die Aussicht und die frische Luft, und die Kinder spielten zwischen den alten Mauern, als wären sie Ritter und Prinzessin in einer längst vergangenen Welt. Es war ein perfekter Tag für Viktor, um sein neues Zuhause und das Leben, das darauf wartete, zu feiern.

Nach dem Besuch der Burgruine Weibertreu und einem erlebnisreichen Nachmittag war die Stimmung in der Gruppe ausgelassen und fröhlich. Conny bemerkte, dass der Tag noch jung war und wollte den Abend mit einem kulinarischen Erlebnis abrunden. Casa Papi, ein neues italienisches Restaurant in der Stadt, war bekannt für seine authentische Küche und gemütliche Atmosphäre. Die Gruppe stimmte zu und machte sich auf den Weg dorthin.

Bei ihrer Ankunft wurden sie von dem warmen Ambiente und dem Duft von frisch gebackener Pizza begrüßt. Sie wählten einen großen Tisch im Freien, von wo aus sie die untergehende Sonne beobachten konnten. Die Speisekarte bot eine Vielzahl von Pizzen, von klassischen Margheritas bis hin zu ausgefallenen Kreationen mit Prosciutto. Jeder wählte nach seinem Geschmack, und während sie auf das Essen warteten, teilten sie Geschichten und lachten über die kleinen Abenteuer des Tages.

Als die Pizzen serviert wurden, herrschte eine kurze Stille, als alle die Aromen und den Geschmack der sorgfältig zubereiteten Gerichte genossen. Die Kinder, Nele und Tilo, waren besonders begeistert von den knusprigen Pizzen und dem schmelzenden Käse. Conny und Waldemar, die ein Faible für gute Restaurants hatten, waren beeindruckt von der Auswahl und

Aussicht, die das Restaurant anbot. Viktor beobachtete zufrieden, wie seine Familie den Moment genoss.

Der Abend endete mit einem Gefühl der Verbundenheit und Zufriedenheit. Viktor war froh, dass er seine Liebsten um sich hatte und dass die Einweihung seiner neuen Wohnung ein voller Erfolg war. Es war ein Tag voller einfacher Freuden, der zeigte, dass es die kleinen Dinge im Leben sind, die wirklich zählen. Die Erinnerungen an diesen Tag würden sicherlich noch lange in ihren Herzen bleiben.

3

Waldemar und Conny packten voller Vorfreude das Auto, während Nele und Tilo ihre Rucksäcke mit Spielsachen und Büchern füllten. Sie hatten sich entschieden, dieses Jahr ihre Sommerferien in Österreich zu verbringen, um die malerischen Alpenlandschaften zu erkunden und die frische Bergluft zu genießen. Nach einer langen Fahrt, gespickt mit Spielen und Liedern, erreichten sie ihr gemütliches Ferienhaus, das von grünen Wiesen und hohen Bergen umgeben war. Zur gleichen Zeit machte sich Diane mit ihrer Familie auf den Heimweg von Sardinien, den Kopf voller Erinnerungen an sonnige Tage am Strand und laue Abende unter dem Sternenhimmel. Beide Familien tauschten später Fotos und Geschichten aus, die von Abenteuern und der Freude am Entdecken neuer Orte erzählten.

In den sanften Hügeln von Weinsberg, wo die Reben in geordneten Reihen wachsen und die Jahreszeiten ihre Farben wechseln, erzählt man sich die Geschichte der Familie Kamerer. Doch wie das Schicksal es so will, waren die ersten und zweiten Generationen längst vergangen, ihre Geschichten und Errungenschaften lebten jedoch in den Erinnerungen der Kinder weiter.

Die dritte Generation, repräsentiert durch Viktor, Waldemar, Diane, Bernd und Conny stand in voller Blüte ihres Lebens. Sie waren die Hüter der Familientraditionen, die Bewahrer des Erbes, das ihnen überlassen wurde. Ihre Tage waren gefüllt mit der Teilnahme an den gesellschaftlichen Ereignissen, die das kulturelle Herz von Weinsberg und Heilbronn ausmachten. Sie waren angesehene Mitglieder der Gemeinschaft, bekannt für ihre Weisheit und Großzügigkeit.

Dann gab es die vierte Generation – Nele und Tilo, Lennox und Kalea – die Kinder von Waldemar und Conny sowie von Bernd und Diane. Sie waren die jungen Sprossen, die am Rande der Jugend standen, bereit, ihre eigenen Spuren in der Welt zu hinterlassen. Ihre Kindheit war geprägt von den Geschichten und Lehren ihrer Eltern und Großeltern, und sie trugen das Potenzial in sich, die Familien Kamerer/Jonas und Waltrich zu neuen Höhen zu führen.

Die Gegenwart gehört zweifellos der dritten Generation, die mit fester Hand und klarem Blick die Geschicke der Familie lenkt. Doch die Zukunft flüstert bereits die Namen der vierten Generation. Es ist eine Zukunft, die bereit ist, von Nele, Lennox, Tilo und Kalea geformt zu werden, eine Zukunft, die auf den frischen Ideen und Träumen der Jugend aufbauen würde.

Die Geschichte der Kamerers war und ist eine Geschichte des Fortschritts, der Anpassung und des Überlebens durch die Jahrhunderte. Jede Generation hatte ihre eigenen Herausforderungen gemeistert und ihre eigenen Erfolge gefeiert. Und während die dritte Generation ihre Erfahrungen und ihr Wissen weitergibt, wartet die vierte Generation geduldig darauf, ihre eigene Geschichte zu schreiben – eine Geschichte, die eines Tages genauso erzählt werden würde, wie die Geschichten ihrer Vorfahren. In Weinsberg würde man sich immer an die Kamerers und Waltrichs erinnern, an jede Generation, die das Erbe weiterträgt und die Zukunft gestaltet.

Weinsberg, den 16.06.2025